大活字本シリーズ

つばくろ越え

蓬莱屋帳外控

志水辰夫

《上》

埼玉福祉会

つばくろ越え

蓬莱屋帳外控

上

装幀　巖谷純介

目次

つばくろ越え

蓬萊屋帳外控《ほうらいやちょうがいひかえ》

つばくろ越え

つばくろ越え

I

眠ったつもりはなかった。だが息が小さくなっていたから、うつらうつらしていたかもしれない。

目の前が明るくなった気がして、目を開けた。

木立のなかへ白い光が降りそそいでいた。ようやく月がのぼったのだ。

仙造《せんぞう》はからだを起こすと岩陰から這《は》いだした。

木の枝越しに月が見えた。たしか昨夜が二十三夜だったから、今夜は二十四夜か。より細身になった鎌《かま》のような月だ。

冷えきった手足を思いきりのばした。血の巡りをよくし、からだを温めるため、両掌《りょうて》でまんべんなく腕や足をたたいた。さいごが顔。気合いを入れて数回頬を張り、眠気を振りはらった。

腹に巻いていた胴巻きを締めなおした。筒状にした皮袋が二本。今回は五百両の金を運んでいた。この重さだけで一貫五百匁《もんめ》ある。

道中合羽《どうちゅうがっぱ》をまとい、まんじゅう笠《がさ》をかぶった。一見渡世人風だが、脇差《わきざ》しはただの道中差しだ。目立つ格好はできるだけ避けているからだった。

二十四夜だとすると、月の出は八つにはいってからだ。夜が明けるまでたっぷり二刻《とき》ある。

光を拾い、足もとに目を落としながら歩きはじめた。くだり道である。いたるところ雪が残っていた。

のぼってくるとき、足跡をいくつか見かけている。ぜんぶ合わせても、ことしはまだ十人と往来していなかった。越後《えちご》から会津《あいづ》へぬける街道のなかでは、いちばん西寄りにある山越えなのである。

もっと雪が深いかもしれないと覚悟していたが、思ったほどではなかった。ことしが例年より暖かいというのはほんとうなのだ。

月の光を借りておよそ一刻《いっとき》歩いた。周りの山がなだらかになり、雪もあらかた消えた。木を伐《き》った跡があらわれた。人里が近くなってきた証拠だ。

水音が聞こえた。右手の下からだ。

さらに、なにか聞こえてきた。

人間の声みたいなもの。

みたいなもの、という言い方になったのは、人のいるところではなかったからだ。人家はまだ遠い。鶏《とり》の声はさっきから聞こえているが、一里も先のほうからだった。

しばらく耳をすませていた。だがそれ以上は聞こえなかった。風音のはずはなかったと思うが。

水音が近づいてきた。川っぷちへでたのだ。

小さな沢が足もとに切れ、道が川に沿ってすすみはじめた。

そのとき、つぎが聞こえた。

「ちゃん」

今度は聞きとれた。まちがいなく子どもの声だった。

白いものが見えた。川原だ。

黒い帯みたいに見える流れ。川幅はせまく、対岸までせいぜい十間《じっけん》くらい。流れがゆるやかなのは、水が少ないからだ。夜になると冷えこんで、山の雪解けがとまってしまうのである。

岩づたいに道がついていた。それを四、五回跳びこえると、川原にでた。ごろごろした石の原がひろがっていた。ところどころに大きな岩。

松の木の生えた岩山が川をせばめていた。せせらぎの音がしている。

それに混じっていびきのような音。岩の向こうからだ。

たしかにいびきだった。ときどき洟《はな》をすする音がまじっていた。

岩の下に、灰色のものがうずくまっていた。燃えつきた焚《た》き火《び》のあと。それをはさんで、ふたつの人影が横たわっていた。

手前の小さいほうが子ども。向こうはおとな。

子どもは眠っていた。からだの大きさからすると、十《とお》に満たないか。破《や》れ莫蓙《ござ》を身にまとい、寒いのだろう。眠りながらぶるぶるふるえていた。

肩衣《かたぎぬ》を着ていた。傍らに転がっているのは笈《おい》と杖《つえ》、六部の持ちものだ。

燃えあとに手をかざしてみた。冷えきっていた。

おとなのほうに近寄った。年格好は四十か、五十、あるいはそれ以上か。海老《えび》のようにからだを曲げ、火のほうに顔を突きだしていた。うすいひげ、白髪、眉間《みけん》の深いしわ、開いたままの口。わらじ、手甲《てっこう》、脚絆《きゃはん》、茣蓙。

腰をかがめてのぞきこんだ。指で、男のほほに触れてみた。

「ちゃん」

後の子が言った。

ふり向くと、大きな目を開けて仙造を見つめていた。怖がってはいない。だが息をつめて見つめていた。顔の汚れが月の光であらわになっている。唇が濡《ぬ》れているのはおおかたよだれだ。寒くて身ぶるいがとまらないのである。

「ちゃん」

半べそをかいていた。

仙造は舌打ちしながら立ちあがった。冷たい目で子どもを見おろした。

「あきらめな、ぼうず。ちゃんは死んだ」

男の子の目が、仙造の動きを追って動いている。釘《くぎ》づけになっているのだ。

「わかったか。ちゃんは死んだんだ」

子の目がさらに大きくなった。

まばたきしはじめた。仙造を見あげると、みるみる顔がゆがんできた。目尻《めじり》がさがり、しゃくりあげると、泣きはじめた。なんともしまりのないだみ声だった。

泣きはじめると声がさらに大きくなった。とめどがなくなった。わめき声である。

手放しだ。ゆがめられるだけ顔をゆがめていた。それでも目は仙造に釘づけ。まるでちゃんが殺されたといわんばかりだ。

仙造は不機嫌きわまりない顔になって腕を組んでいた。よけいなことをした自分に腹を立てているのだ。

しかたなく待った。雲から出たり入ったりしている月をにらみつけながら、待った。

ようやく声が低くなり、しゃくりあげに変わってきた。泣き叫んだことで、からだが温まったか、いまではふるえがとまっていた。

「ぼうず。名はなんてぇんだ」

「巳之吉《みのきち》」

子は泣きやんで答えた。

「ちゃんの名前は」

「十兵衛《じゅうべえ》」

「国はどこだ」

「……」

「どこから来たかと、聞いてるんだ」

「知らね。陸奥《むつ》だって、聞いたことはあるけど」

「行き先に当てはあるのか」

かぶりを振った。光る目が、まだいっときも仙造から離れない。

「家族はいねえのか。知り合いは」

「いね」

「年はいくつだ」

「知らね」

「おめえの年だよ」

「八つ」

朝靄《あさもや》だろう。わずかに白いものが流れはじめた。

「支度をしな。行くぞ」

巳之吉はのろのろと立ちあがった。十兵衛に近寄ると、懐《ふところ》を探りはじめた。

自分の懐へなにかねじ込もうとした。

「見せろ」

仙造は手をだして取りあげた。紙切れと、巾着《きんちゃく》だった。紙は証文のようなもの。暗くて読めなかったが、行のつづき具合から見ると、檀那寺《だんなでら》が出した往来手形のようだ。

巾着のほうにはびた銭が三百文くらい入っていた。ほかに銀の小粒がふたつ、一朱金がひとつ。

巳之吉は巡礼の格好にもどり、笈を背負うと、杖を持った。

仙造はかぶりを振って、捨てろと命じた。すると巳之吉も強情な顔になって、かぶりを振り返した。ほかの格好はしたことがないのだ。これが全財産なのである。

仙造が歩きはじめると、巳之吉はついてきた。

空が薄墨色になりはじめた。

白みはじめると、みるみる明るくなってきた。東の空が朝焼けになった。

里へ出たところで、往来手形をあらためた。

十兵衛は羽前《うぜん》佐多郡三芳村というところの百姓だった。手形は善福寺という檀那寺が与えたもの。いまから十年ほどまえの、天保《てんぽう》十一年に西国《さいごく》巡礼へ旅立っていた。

往来手形の文面はみな同じだ。道中もし行き倒れるようなことがありましたら、土地の習わしに従って処分なさってください。国元へお知らせいただく気遣いは無用でございます。

出立《しゅったつ》したときの年が五十一とあるから、陸奥は打ちつづいた飢饉《ききん》の痛手から、まだ十分に立ち直っていない時期だったろう。口減らしのために、家から追い出された旅立ちにほかならなかった。

しかし巳之吉のことは、なにも書かれていない。

「いつから十兵衛と旅をしているんだ」

巳之吉は答えられなかった。

自分の身元、生いたち、なにも知らない。気がついたら十兵衛をちゃんと呼んでいた。だが十兵衛がじつの父親でないことは、なんとなく察していたという。

おおかた捨て子か、もらい子だろう。孤児の巳之吉のほうから、すがりついて行ったとも考えられる。十兵衛がそれを受け入れた。

十兵衛がやさしかったということではない。もの貰《もら》いは子どもをだしに使ったほうが、実入りがよいからだ。

これまで回ったところを聞いてみた。坂東《ばんどう》三十三ヶ所、秩父《ちちぶ》三十四観音、御府内《ごふない》八十八ヶ所、安房《あわ》三十四観音、関東一円を手当たり次第だ。巡礼という名のおこもなのだからあたりまえか。こやつらにはそもそも結願成就《けちがんじようじゆ》というものがないのだ。

昇ってきた日光の下で、仙造は巳之吉を値踏みするみたいにじろじろ見回した。

いまひとつ合点がいかなかった。からだは小さいし、瘦《や》せて、いかにも八つ相応なのだが、顔つきがひねているのだ。ことばもいろんなところの方言が入りまじっている。

色の黒いのは汚れているせいだとしても、下ぶくれした顔に大きな鼻と口、とりわけ目がどんぐり眼、それを開けるだけ開けて、人の顔をじっと見つめるのは、おとなの顔色を読んでいるとしか思えなかった。白目と黒目がはっきりしているところも、利発そうと言えなくはないものの、小ずるそうな感じのほうがつよい。

寺の屋根を見つけたから、そちらに歩きはじめた。すると後でべちゃべちゃと音がしはじめた。しばらく黙って聞いていたが、我慢できなくなって振りかえった。

「なにを食ってるんだ」

仙造の剣幕にぎょっとなって、巳之吉は立ちすくんだ。口はとまっていたものの、ほほはしっかりふくらんでいた。

「出しな」

巳之吉は恨めしそうな目で仙造を見あげた。懐中からなにか取りだすと、手渡した。

袋だった。十兵衛の笈のなかにはいっていたものだ。

豆が入っていた。

形からするとえんどう豆だろう。干したもので、むろん生。石かと見まがうくらい堅かった。

「新発田《しばた》の百姓のおばあさんが、おらに恵んでくれただよ。ちゃんは口べただだから稼ぐのがうまぐねえだ。銭《ぜに》は全部おらが稼いでた」

乞食《こじき》や巡礼に干し豆を喜捨するものがいるとは思えなかった。通りすがりに干し豆が目についたから、ひとつかみ盗んできたということだろう。

袋を返してやると、巳之吉はくつろいだ顔になった。許してくれたと思ったらしい。おおっぴらに豆を噛《か》みはじめた。

「おまえ、ほんとに八つか」

「ほんとは知らね」

いくらか恥ずかしそうに答えた。

「いくつのときから十兵衛と一緒なんだ」

「ほんとに知らねえだよ。ちゃんが八つにしとけというから、八つにしてるだ。去年も八つだった」

「おととしは」

「七つ」

村のなかへはいると、犬にほえられはじめた。畑へ出てきた百姓が不審そうな目を向けてきた。まだ旅人の通りかかる時分ではなかったのだ。

「親方。親方の名前は」

巳之吉がなれなれしい口調で言った。

「親方でいい」

「それじゃ親方。親方はどこまで行くんですか」

「おれは江戸だ」

「びえー、うれじいだ。江戸ですけ。これまで行ったところでは、おら。お江戸がいちばん好きだよ。ぜにがいっぺえ稼げますけえなあ」

「江戸へ行くのはおれだけだ。おめえの行き先はあそこ」

前方に見えている寺の屋根へあごを向けた。巳之吉はびっくりした。口が開き、ことばがでなくなった。

「ちゃんの弔いだってしなきゃならんだろうが。それに、おまえにゃ手形がねえ。勝手に連れ歩くわけにゃいかねえんだ。しばらくこの村で暮らすしかねえだろうよ。村役人や村人のご機嫌をとって、まず人別《にんべつ》に入れてもらえるようおとなしくするんだ。すべてはそれからよ」

巳之吉はしゅんとなった。口を突きだしたかと思うと、まばたきをはじめ、いまにも泣きだしそうな顔をした。

足まで重くなってきた。

2

会津領耶麻郡《やまぐん》舞川村。仙造がこのとき、巳之吉をあずけた村の名前だ。

越後から大倉峠《だいくらとうげ》越えで会津へ入ったとき、最初にある村だった。本来の会津街道は、阿賀野《あがの》川沿いの津川から鳥井峠を越えて会津坂下《あいづばんげ》へくだる。鳥井峠には会津領の口留番所がある。人の出入りを監視することより、物品をあらためて通行料を取るための関所みたいなところだ。

そのため余分な銭は一文だって出したくない小商人や、修験者《しゅげんじゃ》、巡礼などは、本街道を避けて脇道《わきみち》を行った。やや遠回りになることさえいとわなければ、この街道には抜け道がいくつもあった。

数ある間道のうち、いちばん警戒がゆるくて、いちばん道の険しいのが、この大倉峠越えだったのだ。

舞川村はそういうしけた旅人しか通らない、みすぼらしい村だった。

村には木賃宿が二軒あった。巳之吉はそのうちの一軒、三上屋というところに引き取ってもらった。

とはいうものの日限をひと月と限られ、食い扶持《ぶち》料二分を払わされてのことだ。仙造はほかにも、十兵衛の埋葬料なるものまで払わされた。

しぶしぶではあったが払ったのは、二度とくるつもりがなかったからだ。巳之吉を引き取りにくる気など端《はな》からない。拾ったのがそもそもまちがいだったのだ。

だがひと月後の四月なかば、仙造はその舞川村へ舞いもどってきたのである。

そのときも新潟湊《みなと》からの帰りだった。今回は空荷《からに》だったから、三国《みくに》峠を越えてまっすぐ帰ってもよかった。それをわざわざ只見《ただみ》へぬける、いちばん険しい間道越えにしたのだ。

越後から只見へぬける間道もいくつかあるが、いずれもよほどの健脚でないと踏破できない、険しくて長い道ばかりだった。

もっとも有名なのが、三条から五十嵐川《いがらしがわ》を遡《さかのぼ》り、鞍掛《くらかけ》峠から八十里峠を越えて只見へぬける八十里越えだ。ついで堀之内《ほりのうち》から破間川《あぶるまがわ》を逆行し、巨大なひろがりを持つ鬼《おに》が面山《つらやま》をまくようにして只見へぬける六十里越えとなる。

ふたつとも地元のかぎられた住民しか往来しない、名ばかりの街道だった。どちらも人跡まれな山中をひたすらたどらねばならないから、よほど地理を知り、十分な足ごしらえと身支度をしていないと、うかつには踏みこめないのである。

さすがの仙造も、この道を通ったことは一度もない。途中で襲われでもしたら逃げ場がないからだ。

それに代わる危急の道として、つばくろ尾根越えを教えてくれたのは、仙造のあにき分にあたる弥平《やへい》だった。

津川から阿賀野川の支流常浪《とこなみ》川を遡り、国境《くにざかい》でもいちばん雪が深いといわれている御神楽《みかぐら》岳を乗り越えて、只見の手前の会津川口へおりる道だ。

大倉峠越えよりさらに五里西寄りとなる。道の険しさも増し、高さも千五百尺ほど高くなる。しかし会津川口までおりれば、あとは田島、日光と江戸まで一直線、おおいに刻《とき》を稼げる道でもあった。

じつをいうと先月、できたらこの道を帰りたかったのだ。だがまだ雪が深く、とても越せないというから大倉峠越えにして、ようすを見てみたのである。それからひと月。ことしの春が例年より暖かいことを考えれば、もうそろそろ通れるだろう。

ということで、今度はつばくろ越えに挑んでみたのだった。

読みは当たった。雪はまだかなり残っていたものの、それほど難渋することもなく川口へおりることができたのだ。それでにわかにあることを思いつき、舞川村をたずねてみる気になったのだった。

会津川口から只見川をくだり、西方というところから山に分け入って舞川村へおりた。着いたのは昼時分。すぐさま三上屋へ向かった。

用件からいえば真乗寺という寺や、名主のところへ顔をだすべきだった。だがこっちはうっちゃっておくことにした。

旅人からどうやって金を巻きあげるか、それしか頭にない村人とは、あんまり係わりたくなかったのだ。だいたい巳之吉のあずかり料を出せと言いだした三上屋の源次そのものが、村役人のひとりだったのである。

三上屋は空っぽだった。声をかけたがだれもでてこない。土間を通りぬけると裏庭へでた。

井戸端で女が洗濯をしていた。後姿から、ひとりしかいない下女だとわかる。四十すぎの、牛みたいに腰の重い女だ。声をかけて一度で返事がかえってきたためしがない。このときも一回目はまったく手応《てごた》えがなかった。

日の当たっている軒先《のきさき》に、串《くし》に巻きつけた白いものがぶらさがって揺れていた。

ずいぶん細い大根だな、とおざなりに目を向けて通りすぎ、びっくりして振りかえった。

大根どころか。皮をむいた蛇だったのだ。

蝮《まむし》である。

それが四本。干して数日しかたってないらしく、生乾きだ。

まだ蝮のでてくる季節ではなかった。

下女に呼びかけた。名は知らん。聞いたかもしれないがおぼえていない。

前にまわるとようやく気がついた。手をとめると、のっそりと顔をあげた。

とはいえ眉《まゆ》ひとつ動かしはしない。お互いさまだが、下女のほうも仙造をおぼえていなかった。

「源次はどこだ」

どこそこへ行ったただ、と答えたみたいだが、訛《なま》りが強いうえ、ことばがはっきりしないから聞きとれなかった。

「女房は」

「一緒だあ」

「こないだあずけた巳之吉という子はどうした」

やっと思い出した。目にわずかではあるが光がともった。

「いねえだ」

「いねえとは、いまいねえということか。この家にはいるんだな」

「んだ。おおがだ天気いいがら、山さ行ってるんだべ」

「山でなにをしてるんだ」

振りかえりもせず後の軒先を指さした。

「まさか。蝮を捕りに行ってるのか」

「んだ」

「まだ蝮のでてくる季節じゃねえぞ」

「冬ごもりしてるやづを掘りだしてくるだよ。蝮は冬になると何匹も固まって、土のなかでじっどしてっから、見つけだじだらいっぺんに七匹も十匹も捕れるんだとよ」

「そんなに捕ってどうするんだ」

「村の年寄りや、若《わけ》え衆に売ってるだよ。つけ焼きにして食うとうめえぞぉ、精が出るだぞぉ。蝮酒にして飲むとうめえぞぉ、精が出るだぞぉ。そこの壺《つぼ》のながさ、のぞいてみべ。生きてるやづが十匹ぐれえはいってるだがらよ」

軒下にある破れ甕《がめ》を指さした。元はなんに使われていたかわからない汚らしい甕だ。ひびがはいって口まで欠けていたのを、泥をすりこみ、粘土でふさいで、笊《ざる》がかぶせてある。とてものぞいてみる気になれなかった。

源次の行き先をくりかえし尋ねた。この先の、野沢というところで開かれている牛市へでかけたことがわかった。

市には近在から人があつまってくる。それを目当てにトチ餅《もち》を売りに行ったのだという。女房のおとめも一緒だ。これは酒好きの亭主が小金をにぎったら全部飲んでしまいかねないから、お目付としてくっついて行ったのだろう。

下女のなまえはおとく。

「すると、昼めしを食わせてもらうというのはだめか」

おとくは悲しそうな顔をしてうなずいた。けさでかけるとき、源次が倉に鍵《かぎ》をかけて行ったという。おとくが昼めし用にもらったのはトチ餅一枚。

大飢饉《だいききん》からだいぶ立ち直ってきたとはいえ、まだここらの食いものはそれほど豊かになっていなかった。

きのう川口の旅籠《はたご》でだされためしも、米より粟《あわ》や稗《ひえ》のほうがはるかに多いかてめしだった。弁当はできないと断られたのを、とくに頼んで餅をわけてもらった。なにを混ぜてあるのか見当もつかない赤黒い餅だった。

巳之吉の帰りは、いつも夕方になるという。源次が昼めしを食わせてくれないから、自分で算段しなければならないらしいのだ。山芋を掘り、蝮でもあぶって食っているのだろうか。

表からだれかわめきながら三上屋へはいってきた。野良着《のらぎ》にはだし、三十すぎぐらいの、貧相な百姓だった。もとより知っている顔ではなかったが、百姓のほうは仙造を見るなり勢いづいた。腕を振りまわし、わめき声をさらに大きくして、詰めよってきた。

それでようやく思い当たった。十兵衛の遺骸《いがい》を片づけたとき、手間賃目当てに背負って運んでくれた男だったのだ。

そいつが腕を振りまわし、口から唾《つば》をとばしながら、大変な剣幕でわめきたてていた。ただし、なにをわめいているのか、さっぱりわからない。

おめ……おめ……と指さして詰めよってくるからには、仙造に文句を言っているとわかる。だがひどい訛りだし、いっぺんになにもかもしゃべろうとするから、ひとつも聞きとれない。

そのうち、みの、みの、みのということばがくり返されるのに気づいた。巳之吉のことか、というとうなずいた。それで裏へ行き、下女のおとくを引っぱってきた。

「なにをしゃべっているか、わからねえんだ。おめえ、聞いてくれ」

するとみょうなことになった。ふたりがやりとりしはじめると、おとくが顔を赤くしたのだ。気のせいか、とり乱した。

「巳之吉が、寿平さんちの、あまっこを……」

そこから先が聞きとれない。声が細くなり、口のなかでぼそぼそ言うだけである。

「だから巳之吉がなにをしたっていうんだ」

「んだで、なにしただよ。はめただ」

「はめた？」

おとくはたしかに顔を赤らめていた。左手をまるめて拳《こぶし》をつくると、その穴に右手の人さし指を突っこんでみせた。

「巳之吉がはめたのか。相手はだれだ」

「寿平さんちの、十《とお》になるあまっこだ」

仙造は顔をしかめ、百姓とおとくの顔を代わる代わるにらみつけた。百姓が負けずににらみ返した。

おとくに念を押した。

「ほんとにはめたんだな」

んだ、とおとくが身ぶりをまじえてくわしく話した。けつを丸出しにしていた。女の子にのっかって、腰を使っているところを取り押さえられた。

「どこにいるんだ」

百姓があごをしゃくった。こいという仕草。仙造はついて行った。

寿平の家は一町ほどはなれたところにあった。丸太柱に粗壁、坂葺《ぶ》き屋根、風よけの杉木立さえない、見るからに水呑《みずの》みとわかる家だ。

巳之吉は牛小屋に放り込まれていた。迷惑そうな顔をしている牛の足もとで糞《くそ》まみれになり、横木を抱かされて、前で手を縛られていた。

だいぶなぐられたらしい。顔がふくれあがり、目許《めもと》に青あざができていた。鼻が開いて、血がこびりついている。仙造が行ったときは観念したみたいに目を閉じていた。しかし気配に気づいて目を開けた。

顔色がすこしも変わらなかった。うれしそうでもなければ、面目《めんぼく》なさそうでもない。白目がちの目をのろのろとあげ、仙造に向けただけ。ぶすっと閉じた口もとに、わずかながらきかぬ気の名残りがうかがえた。

「こんだけ痛めつけりゃ気がすんだろう。三上屋がもどってくるまで、こいつの身柄はおれがあずかる。真乗寺の和尚《おしよう》のところへ連れて行くから、出してやれ」

寿平はいやだと言った。疑り深そうな目で仙造の全身をにらみつけている。値踏みしているのだ。十兵衛の遺骸を片づけたときは一分の稼ぎになった。今回もっと金になることはまちがいない。

押し問答していると、寿平の言い分がだんだん変わってきた。巳之吉を三上屋から引き取るみたいなことを言いはじめた。この家でただ働きさせたほうが、もっと割がいいということらしい。

「もじどうしでもとこくなら、金さ、おめが……」

「？」

「金払うごどねえだよ、親方。おらの金さ、取ってるだ」

金ということばが耳にはいったとたん、正気にもどった巳之吉が柵《さく》の下から声をあげた。

百姓が罵声《ばせい》をあげて巳之吉に飛びかかり、足蹴《あしげ》にしはじめた。

仙造は百姓の腕をつかんでひき放した。

「いくら取られたんだ」

「二分と三百……くらいは持ってただ」

仙造は道中差しを抜いた。百姓があわてて飛びのいた。

「それくらいありゃ、ここから出してやったってかまわんだろうが。こいつの身柄は真乗寺にあずけとくから、言い分があったら申しでろ。名主と村役人立会いのうえで、裁いてもらおう。それでいいな」

くくりつけられている縄目に刃先をさし入れて、切った。巳之吉が這《は》いだしてきた。

百姓は後から追ってきた。口惜《くや》しそうに罵《ののし》っているが、力は先ほどの半分もこもっていなかった。

家の外まで追ってきて、まだわめき声をあげていた。相手にしないで背を向けた。巳之吉が後からついてきた。

三上屋の前までもどってくると、巳之吉にあごをしゃくった。

「荷物があるならとってこい」

意味がすぐにはわからなかったらしい。けげんそうな顔をしたものの、巳之吉はすぐかぶりを振った。

このまえよりもっとうす汚れた格好になっていた。肩衣《かたぎぬ》はなくなっているが、着ている単衣《ひとえ》の着物はそのままだ。

三上屋の前を通りすぎた。もとより真乗寺に向かう道ではない。そのまま通りぬけて、舞川村をでた。

只見川のほとりへでるまで足をゆるめなかった。巳之吉は小走りになってついてきた。

けさ行った道をもどってきたのである。

川原を見つけると下までおりて行った。そして巳之吉に言った。

「川にはいってからだを洗ってこい。ついでに着ているものの洗濯をしろ」

日ざしがつよくて暖かな日だったとはいえ、水浴びをする陽気にはほど遠かった。只見川の水は雪解け水だから、まだとびきり冷たいのだ。

巳之吉は口をとがらしかけたものの、仙造の顔を見て黙りこんだ。あきらめて水辺へ行き、裸になると、からだを洗いはじめた。それから着物を洗った。ふんどしはつけていないから、一枚ぬげば素っ裸である。

仙造は岩の上にあがり、北のほうにそびえている山並みに目を向けていた。頂上がぎざぎざになった黒い岩山が、屏風《びょうぶ》みたいに連なっている。おととい仙造が乗り越えてきたつばくろ尾根にほかならなかった。左端に見えている高い峰が御神楽岳だ。

巳之吉がからだを洗い、着物をしぼりながらもどってきた。身を切るほど冷たい水で冷え凍ってしまったのだろう。唇が土気色になり、発作を起こしたみたいに全身ががたがたふるえていた。歯が鳴るのをとめることができない。足もわなないている。頭を引っこめたスッポンみたいなちんぽこが股《また》の間からのぞいていた。

着物を岩の上に干させ、巳之吉にしばらく岩を抱かせていた。腹這いになって岩にへばりつき、からだを温めるのだ。岩を四、五回取りかえると、ふるえはなんとかおさまった。

それで巳之吉を呼びよせ、旅籠でもらってきた餅を取りだした。ふたりでわけ、生のままかじりはじめた。

巳之吉はこのまえもそうだったが、がつがつ食った。ほかの食い方ができないみたいなのだ。その一方で顔は伏せ、目を合わせようとしなかった。

これまで何度も仙造の顔色をうかがっていた。何度ようすをうかがっても、仙造は苦虫をかみつぶしたような顔をしていた。それでとうとう取り入ることをあきらめたのだ。

「おめえ、ほんとはいくつだ」

冷ややかな声で仙造は言った。

「十一だと思うだども」

「いつ女を知った」

「………」

「いつ知ったかと聞いているんだ」

「こねえだ」

「こないだとは」

「三上屋さ行ってがら」

「相手は」

「………」

「おとくか」

うなずいた。ほおばっていた餅を呑《の》みこむ音がした。

「温めてやるがらこっちさごいっていうもんだで」

「二分と三百もの金を、あんな村でどうやって稼いだんだ」

「もどから持ってでた金が、一分と四百ぐらいあっただよ。おらの稼いだ金だで、ずっと隠してただ」

「残りは村で稼いだのか」

「蝮《まむし》を売っただよ。自然薯《じねんじょ》も売った。スズメも、ツグミも……」

「スズメやツグミをどうやって捕ったんだ」

「トリモチでつかまえただ」

話を変えた。そして巳之吉の目を、向かいの山に向けさせた。

「あそこの高い山を見ろ。正面の真ん中に、尻《けつ》みたいにぼっこり引っこんでいるところがあるだろう。あの山の向こうは越後で、こっちが会津だ。会津側のあの山の下に、藤倉という村がある。舞川と同じぐれえ小さな村だ。きょうはそこまで行って泊まる」

「………」

「二晩泊まるようになるかもしれん。ろくなめしは食えないかもしれんが、それでも腹一杯食えるだけの金はだす。そのあと、あの山へあがって行く。尻山《けつやま》の右側に、ぎざぎざになった岩山が見えるだろう。あそこまで行けば越後が目と鼻の先だが、今回は越後まで行かねえ。

終わったら藤倉のほうへもどってくる」

「？」

「岩山だから見当がつくと思うが、どの岩山も、頂上は目がくらむような崖《がけ》だ。その崖のひとつに、おめえを縄でつりさげて、おろす」

巳之吉がぎょっとなってからだをびくつかせた。わけのわからない山の話を聞いていたら、いきなり自分がでてきたのだ。

「崖の途中の岩の棚みたいなところに、珍しい薬草が生えているんだ。江戸へ持って行けば高く売れる。ただしまわりは、すべて岩。そこまでおりて行く道も、手がかりもねえ。たったひとつできることが、身の軽い子どもを縄にくくりつけ、そこまでおろすということだ。おめえにそいつをやってもらう。もちろん縄は、おれが上でしっかり押さえてやる。藤倉で何日か泊まるのは、どうやっても切れない、丈夫な縄をつくらせるためだ」

「目がくらむほどの崖って、下までどれぐらいあるだかね。谷底までちゅうごどだども」

「谷底までなら何百尋《ひろ》もある。だから落ちたら、それっきりだ。だが心配するねえ。おれが上でしっかり押さえて、おめえの命を守ってやる。朝鮮人参《にんじん》より値段の高けえ、珍しい薬草なんだ。首尾よくとれたら褒美《ほうび》だってやる」

「その岩の棚までって、上からどれぐらいあるだがね」

「百尺から、百五十尺ぐらいはあるかもしれんな。途中にはつかまる草も、木もねえ。いまのおめえみたいに、丸裸の、すっぽんぽんの岩よ。だからそこへおりるまでは、宙ぶらりんになる」

「そりゃだめだよ、親方。おら、できねえ。できねっすよ。それだけは、堪忍してくんろ。おら、高えところが苦手なんだ。ごわいんだあ。下を見ただけで目が回って、足がふるえてくるだよ。しょんべんちびりそうになるだ。だけえ、だがら、それだけは勘弁してくなんしょ。ほかのことだったらなんだってやるだで、高えところだげは……」

「だめだ。おまえしか、いねえんだ。そう思ったから助けて、ここまで連れてきてやったんだ。いやなら舞川へもどるしかねえ。やるか、もどるか。どっちかだ」

仙造は突き放した声で、冷酷に言った。巳之吉のすがりつきたそうな目を、岩の壁みたいな面《つら》ではね返した。巳之吉はしゅんとなり、またふるえはじめた。泣きだしそうな顔になって、仙造の目のどこかに慈悲が隠されていないか、必死に探ろうとした。だがそんなものはどこにもなかった。

「それで……旦那《だんな》さん。仙造親方。やっだら……やっだら、どんな褒美もらえるだよ」

涙ぐんだ声になって言った。

「江戸へ連れてってやる」

巳之吉はふるえながら考えた。答えはひとつしかなかった。舞川村へはもどりたくない。すると、うんと言うしかないのだ。

巳之吉はのどを鳴らしてつばきを呑みこみ、首をようやく縦に振った。

3

できあがった藁縄《わらなわ》を背負い、藤倉村から御神楽岳に向かったのは、それから三日たった四月二十日のことだった。軽くて頑丈な縄と注文をつけたから、できあがるのに暇がかかったのだ。

巳之吉は仙造の後から、力のない足どりでついてきた。ふだんはむだ口の多いでしゃばりのくせに、藤倉へ着いてからは声がでなくなっていた。強がりはもちろん、自分からしゃべろうともしない。仙造の顔を盗み見ては、溜息《ためいき》ばかりついていた。

登るにつれ、御神楽岳の緑が若くなってきた。まだ山桜が満開だ。谷間《たにあい》には雪。その雪がだんだん多くなってきて、ところどころ道をふさぎはじめた。

足跡がひとつ残っていた。六日まえ、仙造が山越えをしたときしるしたものだ。ほかにないところをみると、あれからまだだれも通っていないことになる。例年だと五月なかばまで通れないところなのだ。

登るほどに木々が変わり、樅《もみ》や、松や、栂《つが》が多くなってきた。そして足もとに、ごつごつした岩があらわれはじめた。

白い風が下から吹きあげてきた。霧だった。雲がいままでは下になっていた。

峰がやせ細りはじめ、鋸《のこぎり》の歯先のような、とがった岩の連なりになってきた。道の段差が大きくなり、つながりもなくなってきた。とびとびになることが多くなってきたのだ。

跳ぶか、四つん這いになってよじ登るか、避けて遠回りするか、そのくりかえしが多くなってきた。

巳之吉の動きが目に見えてのろくなった。ふだんの身軽さがかけらもない。

音がしなくなったので振りかえると、岩の窪《くぼ》みにしゃがみこんだまま動けなくなっていた。前が深さ十尺ほどの切れ込みになっているのだ。

「跳ぶんだ」

声を荒らげて仙造は怒鳴った。

「下を見るな。目の前の岩だけ見ろ。たった二、三尺しかねえんだ。平地だったら目をつぶったって跳べるだろうが」

巳之吉は岩の間に身をちぢめ、首を横に振った。力がまるではいっていない。顔まで他愛《たわい》なくなってしまい、いまや五つか六つの子どもだ。すっかりすくんでいた。

怒鳴りつけてすむことではない。ほんとうに怖がっているのだ。考えた末、縄でしばって引っぱりあげることにした。巳之吉のからだに縄をくくりつけ、自分が先に行って、難所にくるたび、引っぱりあげるのだ。

これは思いのほか効果があった。自分のからだが縄で保たれていると思うと安心できるのか、動きがなめらかになって、身軽さがもどってきた。

四つすぎに目指す岩山の頂上へ着いた。

岩だらけの峰のひとつだった。前が切りたった崖になっている。足もとへまっすぐに切れ込んでいる谷は、深さが二百尋くらいあるだろうか。その半分以上が岩でできており、傾きというものがほとんどなかった。先っぽに立って下を見おろすと、仙造でさえ足の裏がこそばゆくなってしまう。

その谷間を小さな黒い鳥が、やかましく飛びちがっていた。ツバメに似ているが、もっと小さくて、もっと敏捷《びんしょう》だ。そいつが何十、何百と、めまぐるしく飛び交い、一瞬といえど羽を休めることがない。

よく見るとところどころの岩棚に、巣をかまえていた。休みなく飛び交っているように見えて、ときどきそこへ舞いおりているのだ。たしかに巣をつくるとしたら、これくらい安心なところもなかった。けものも、蛇も、近づくことができないからだ。

「こっちへ来い」

後に引っこんでいる巳之吉を呼びつけ、横に坐《すわ》らせた。崖ぎりぎりの岩の上だ。

「はじめは遠くを見ろ。下を見るのは慣れてからでよい。大きな息をして、気持ちを落ちつけるんだ」

暖かくなってきて、日差しが心地よくなってきた。朝方は深かった霧も晴れ、風もほとんどなくなった。見通しがよくなり、遠くの景色が引き寄せたみたいにくっきり見える。

仙造は用意してきた握りめしを取りだした。早めの昼めしにしたのだ。めしを食えば心が落ちつく。力もつくし、勇気がでる。

巳之吉はすぐさまぱくつきはじめた。こういうことだけは早い。

「親方、あそこに家が見えますだ」

北の山麓《さんろく》にいくつか見える屋根に気づいて言った。

「落合村だ。ここから越後のほうへおりていった最初の村になる」

「あそこにちょっとだけ見える白い筋は川だか」

「阿賀野川のひとつだろうな。あれをくだっていったところが津川だ」

「仙造親方。ほんとに江戸さ連れていってくれるんだか」

また不安そうな顔になって言った。それだけが望みの綱なのだ。

仙造という名は教えたわけではなかった。舞川村で坊主《ぼうず》らとやりとりしていたとき、脇《わき》で聞いて知ったのだ。

「この仕事が終わったら連れてってやるよ。ただし乞食《こじき》はもうやめだ。奉公先を見つけてやるから、そこで働け。丁稚奉公《でっちぼうこう》だから楽じゃねえが、米のめしだけは腹いっぱい食える。ちゃんとしたしゃべり方から、礼儀作法、読み書き、算盤《そろばん》まで教えてもらえる」

「ほんどかね。だったらおら、辛抱するだ。腹いっぱいめしが食えるなら、どんなごどだって我慢できるだよ」

「よし。めしも食ったし、じゃあそろそろ目を下に移してもらおうか。なにも谷底まで見ることはねえんだ。おめえがしっかり見なきゃならんのは、下に見えている岩の棚よ。おめえはおれの引っぱる縄にぶらさがって、あそこまでおりて行く」

それを聞いたときの巳之吉の顔ときたら、見られたものではなかった。目玉が飛びだすかと思えるくらい大きくなると、口をぱくぱくさせ、なにか言おうとするのだが声がでない。必死にかぶりを振った。からだは完全に引け、尻《しり》があがってしまった。

「ご、ごんなどごに……おらが……おりるのだか？」

後ずさりしはじめたから、襟首をつかんで引きもどした。

巳之吉は石にかじりついて逃れようとした。そいつを力ずくで引きはがし、ねじ伏せ、髪をつかんで首をひっぱりだし、むりやり下をのぞかせた。

「なにもこの崖を、いちばん下までおりて行けと言ってるんじゃねえ。手前に、段になったところが見えるだろうが。小せえながら草木だって生えてるし、歩いたり横になったりできるぐれえの幅もある。

そこまでおりて行くだけのことよ。心配しねえで、言われた通りにすりゃいいんだ。おめえの命は、おれがからだを張って守ってやると言ってるじゃねえか」

「おやがだ！　だんなざま、せんぞっつぁま。ごればっがりは、堪忍してくだっしょ。おら、やんだ。これぱっがりは、後生だげえ、許してくだっしょ。ほかのごどだったら、なんでもやるがらようー」

泣きわめきながら必死でかぶりを振っている。全身をわななかせているからには、本気でふるえあがっているのだ。

だからといって、仙造のほうも手をゆるめる気はなかった。怒声をあげて、引導をわたすしかない。

巳之吉は泣き声から、さらに哀れっぽい繰り言になった。

「ごわいだよ。おっがねえだよ。おどろしいだよ。おら、死ぬだよ。落ちて、死ぬだよ。ほんとに死ぬだ。仙造親方、仙造旦那さん、仙造旦那つぁま、お願えだがら、これだけは堪忍してくなんしょ」

いっさい耳を貸さなかった。仙造は巳之吉を踏んづけ、からだに縄をぐるぐる回すと、何ヶ所かくくりつけた。手足の動きを妨げないよう、たるみを持たせることも忘れない。そのうえでぬけ落ちたり外れたりすることがないよう、本綱と吊《つ》り縄の間を三重にして結んだ。

後へ数間さがったところに松の木が三本立っていた。幹が仙造の腕くらいしかない小さな木だが、万一のときはこいつの付け根に縄をまわし、力を逃がすことができる。

準備は整った。仙造はすべての縄をくりだして、もう一度調べた。

これまで何回も行ってきたことだが、最後の念を入れた。

巳之吉はいつの間にか泣きやんでいた。

これ以上抗《あらが》ったところで、聞き入れてもらえないと観念したか。それとも放心してなにも感じなくなったか、空《うつ》ろな顔をして、人ごとみたいに仙造のすることを見つめていた。

「何度も言うが、下を見るな。見えても見えなかったことにするんだ。目の前だけ見て、地面から一尺くらいの高さにいると思え」

「………」

「さっきも言ったが、おめえにしてもらうことは、崖の棚になっているところまでおりていって、そこの岩の隙間《すきま》か、草木のなかに隠れている、あるものを探すことだ。これまで薬草探しだと言ってきたが、ほんとはそうじゃねえ。おめえに探してもらうのは、金《かね》だ。金子《きんす》。小判だよ」

巳之吉の目が、また大きくなった。口は開いたままだ。

「わかったか」

「小判て、銭の小判のことだか」

「そうだ」

「あんなどごろに、なんして小判があるだよ」

「去年ここで、ある人間が賊に襲われ、命を落とした。江戸へ金を運んで行く途中で襲われたんだ。そいつは傷を負いながらも、ここまでなんとか逃げてきた。だがそれ以上逃げることができなかった。それで賊に奪われないよう、金をここから下の谷へ投げた。だがそれだけの力が残ってなかったんだろう。金は谷底まで落ちねえで、どこかに引っかかって、いまだにそのままになってる。そいつをおめえに見つけてもらいてえんだ」

なんとかわかったらしい。巳之吉の顔に、わずかながら生気がのぼった。

「その小判、いっぱいあるだか」

「ある。全部なら何百枚もある。細長い皮の袋に入っているが、いまは破れているかもしれん。そうなったら、小判はばらばらだ。ひとつところに固まっているか、散らばっているか、岩の隙間にごそっとはまっているか、そいつはおりて探してみねえとわからねえ」

「もし金を見つけたら、おらにも褒美《ほうび》はもらえるだがね」

「おれの金じゃないから、いくらやるとまで約束はできんが、首尾よくいったらそれなりの礼はもらってやる」

頬に血の色がもどってきた。元気のでてきたのが見るからにわかる。

「それなら死んだ気になって、やってみるだよ。この下の、いちばん近いところの段まででええだね」

「そいつはおりてみねえとわからん。なかったら、ほかの棚も探してみなきゃならねえ」

「わからんて……それ、金が、ねえがもしれねってごどか」

「そうだ。むだあしになるおそれも、ないとは言えん」

「必ずあるわけじゃねえのけ」

「ほかのところはみな探したんだ。そのうえで、あるとしたらこの下の岩しかねえ、と見当をつけた。だからおめえを連れてきたんじゃねえか」

「そんな……。いまになって、あるか、ねえか、わからねなんぢゅうでいわれても……。それで、もしながっだら、ながっだらどうなるだ」

「どうもしねえ。あきらめて江戸へ帰るまでよ。心配するな。おめえは江戸へ連れて行ってやる。小僧にしてやる。まじめにつとめあげて、人別《にんべつ》に入れてもらうんだ」

「親方ぁ。急に力がぬけてきただよ。おら、ほんとの話だとばかり思ってでだで」

「ほんとの話なんだ。金がまだ見つかってねえだけのことよ」

「泥棒が取っていっだってことは考えられねえだが」

「すこしは取られたかもしれん。だが全部じゃねえ。まだおおかたは、この山のどこかに眠ってるはずなんだ」

弥平はこのつばくろ尾根越えをしているとき何者かに襲われ、会津側の藤倉まで逃れて、そこで絶命した。そのとき金子は持っていなかった。

山が雪で閉ざされる去年の冬間近のことだった。

手傷を負った変死人とあって、藤倉村のほうも内済《ないさい》ですませるわけにいかなかった。役人に出張ってもらって調べをし、持っていた定飛《じょうび》脚《きゃく》の鑑札から身元がわかって、蓬萊屋勝五郎《ほうらいやかつごろう》のところへ知らせがとどいた。

仙造は軍治という飛脚仲間に同行してもらい、藤倉へ駆けつけて弥平の遺骸《いがい》を葬《ほうむ》った。勝五郎も同行を望んだが、店があるから空けるわけにいかなかったのだ。

そのあと仙造は軍治とつばくろ越えの尾根に分け入り、これはと思うところをくまなく探した。

この谷底へも苦労しておりてみた。

だが金は見つけることができなかった。

代わって谷底で、気になる痕跡《こんせき》をいくつか見つけた。

仙造たちが谷底へはいるまえに、何者かがはいりこんで、すでに探していたのだ。積もった枯葉を搔《か》きだしたり、踏み荒らしたりした跡が残っていて、しかもそれはきわめて近来のものだと思われた。

考えられることはひとつしかなかった。

追いつめられた弥平は最後の手段として、金を谷へ投げ捨てたのだ。賊も弥平が金を投げたとみて、一帯をしらみつぶしに探した。だが谷底に残っていた跡を見るかぎり、見つけだせたようには思えなかった。

谷底には一刻《とき》くらいいたものの、それ以上探索をつづけることができなかった。雪が降りはじめて、山をおりなければならなかったからだ。

今回仙造が早すぎるかもしれないいつばくろ越えに挑んだのも、そういう事情があったからだ。雪の溶け具合をこの目でたしかめ、一刻も早く捜索をはじめずにはいられなかったのである。

巳之吉を吊りさげるときがきた。

「ぶらさがったままだとからだがくるくる回って、目がまわるぜ。岩に向かって足を突っぱれ。立ってる格好になるんだ。なにか見つけたら叫べ。綱をゆるめたり、引いたりしてもらいたいときも叫べ」

巳之吉は「ごええよぅー、ごええよぅー」とべそをかきながら仙造の前から消えていった。

岩に寄りかかり、あるいは松の木に綱を掛けて力を逃がしながら、すこしずつくりだしていった。

「ごええよぅー、ごええよぅー」

泣き声で巳之吉の所在はわかった。それが次第に遠ざかっていった。

一度綱をとめて見おろしてみると、足をふんばることなど思いもよらないらしく、ただぶらさがって泣いていた。からだは冬の蓑虫《みのむし》みたいに宙でくるくる回っていた。

かまわず縄をくりだした。

するといきなり手応《てごた》えがなくなった。あわててのぞいてみると、最初の岩棚へ着いたところだった。巳之吉はその上でだらしなく横倒しになっていた。

からだの大きさから見ても、歩いたり、向きを変えたりするぐらいのひろさはある。ただその棚がずっと横につながっているわけではなかった。離れたり、上下になったりして、しかも段差があった。つぎのところへ移ろうとすると、また宙ぶらりんにならなければならないのだ。

「なんにもねえだよ」

うらめしそうな泣き声がこだましてきた。

「岩の隙間や、草木の間に手を突っこんで探すんだ」

「探してるだよ。ねえだよ」

「なかったらつぎの場所へ移れ」

「こわぐでできねえだよ」

「下を見るな」

「んだなこと言われだって、見えるっぺよ」

つぎの棚へ移らせたが、変わらなかった。

巳之吉があたらしい悲鳴をあげはじめた。鳥の巣があるとかで、雌《めん》鳥《どり》が卵を抱いていたのだ。それがおどろいて飛びたったり、雄鳥《おんどり》が敵だと思って攻撃してきたりしはじめたのである。

仙造のほうは巳之吉の悲鳴が耳にはいらなかった。迷いがでて、考えあぐねていたのだ。

するとあれは、岩がたまたま光ったのか。それとも雪が、日の光をはね返しただけのことだったのか。

去年冬、最後に訪れたとき見た光が仙造の目にまだ焼きついていた。弥平の足どりをたしかめるため、新潟湊の相州屋という宿を出立したところから同じ道をたどってみた。そのときはもう雪が降り、山越えはできなくなっていたが、とにかく落合村まで行ってみた。午後もだいぶ遅い時刻で、西に傾いた日が、山間《やまあい》を赤く染めはじめていた。

村からつばくろ尾根を見あげていた仙造の目に、山の一部が鋭く光った。山はすっかり雪化粧していたが、まだ全山真っ白というほどではなかった。

その雪が光ったのだろうか。と一時は思ったものの、それなら山の頂《いただき》とか、日当たりのいいところとか、それらしいところが光るはずだ。しかし仙造が見た光は、頂きより下の、なにもない辺りで発していた。しかもそのときだけだったのだ。

場所をたしかめるためすこし動き、もどってきたときはもう消えていた。そして二度と光らなかった。

冬じゅうそのことばかり考えていた。だからことしも落合村に着くと、まず同じところに立って尾根を見あげてみた。しかし光はあらわれなかった。

巳之吉の悲鳴が一段と大きくなった。

「痛でえだよ。鳥がおらの頭を引っ掻いてくだよ。卵をがめにきたと思ってるだよ。ぎえーッ！　ごええッー。足もとの岩が落っごちだだよ」

悲鳴だらけである。終《しま》いには仙造まで怒りにまかせた声で上から怒鳴りつけていた。

半刻ほどのち、巳之吉を上まで引きあげたときは仙造も汗だくになり、疲れ果てていた。

巳之吉はおろしたときより、さらにうちひしがれた格好であがってきた。身も心もゆるみきって、みじめきわまりない顔をしていた。力という力がぬけていた。

腰がぬけたのか、そこへうずくまったきり、動けなくなっていた。

着物が濡《ぬ》れていた。しょんべんをちびった、というより流しっぱなしだったみたいな濡れ方だ。

仙造のほうは気をとりなおし、縄を束ねると帰り支度をはじめた。巳之吉にねぎらいのことばひとつかけなかった。仙造は仙造でがっかりしていたのだ。

「親方。おら、すこしは役にたったただかね」

村まで帰ってきたとき、巳之吉は小さな声で言った。すこし恥ずかしそうだった。

「たったと思わなきゃしようがねえだろう。金が出てこなかったのはおめえのせいじゃねえ。ただし、この話はこれっきりだ。人前でしゃべるんじゃねえぞ」

仙造は巳之吉を連れて江戸へ帰った。

巳之吉は神田元岩井町にある定飛脚問屋蓬莱屋の小僧になった。

4

おふうは肘《ひじ》をついて長火鉢のなかをかき混ぜていた。鉄瓶《てつびん》からは湯気。湯から帰ってきたばかりらしく、洗い髪に木櫛《きぐし》をひとつ挿している。仙造を見るとびっくりして、それからあわてて顔をほころばせた。

「あらら、仙さん。久しぶりじゃないのさ。うれしいわ。よくきてくれたわね。きょうあたり、なんとなく、きてくれそうな気がしてたんだ」

「ごめんよ。このところ、ずっと旅つづきだったもんだからさ。これ、そこで買ってきた。鰹《かつお》だったらもっと大きな顔ができるんだろうけどよ。そいつはあとひと月、待ってくんねえということで」

手にしてきた鰆《さわら》をさしだした。目の下一尺からあるとはいえ、いまはまだサゴチというところだろう。

「あら、あら、おいしそう。いつもすまないわねえ。それじゃ、どうさばこうかね。きょうはゆっくりしていってくれるんだろう」

「まあね。こっちだって、早く言やぁ、それが狙《ねら》いできたようなもんだから」

「じゃ久しぶりに飲みましょうよ。あらあ、なんてどじなんだろ。お酒を切らしてるのよ」

「なにひとっ走り行ってくるよ。なに、いいって。尻《しり》の軽いのが取り柄だって、あにきにはいつも言われてたんだ」

一升徳利《いっしょうどっくり》を借りうけると、そいつを手にしておふうの家を出た。照り降り長屋と呼ばれている長屋の、いちばん奥。外へ出たところが、横川の堀割だ。

とりあえず、いまやってきた吾妻《あづま》橋のほうへ道をもどった。二町ほど先に法恩寺橋がかかっている。渡ると目の前が法恩寺だ。

ついでだから、お参りして行くか。と殊勝な気になって門前町へ向かった。

うきうきしていたことはたしかである。湯から帰って間がなかったおふうの上気した顔や、つややかに光っていた洗い髪が目に残っていた。元が小唄《こうた》の師匠だったし、若いときは芸者にもでていたというから、あたりまえといえばあたりまえだが、世帯《しょたい》の垢《あか》が身についていない。あれでもう四十六なのだ。

あんな閨《ねや》じょうずな女はいねえよ、と弥平から何度聞かされたことか。相手が仙造だからこそののろけだったと思うが、おふうの話になると、あの気むずかしい男がいつも手放しだった。

一緒に暮らしはじめて七年。弥平の命は五十九でつきてしまったが、長生きしていたら、今度こそ添いとげていたのではあるまいか。

仙造のほうは、きょうまで女房と名のつく女を持ったことがなかった。それに近いつき合いならしたこともあるが、三年とつづかなかった。

旅にでることがあまりに多かったからだ。その子細を、仙造は相手の女が納得できるよう、説明してやることができなかった。

もとはといえば定飛脚問屋の小僧が振りだしだった。そのあと、同じ店にいた七つ年上の弥平の後をなぞるようにして、同じ道を歩みはじめた。十年ほど定飛脚をやって蓬萊屋に移り、そこのお抱えとなった。二十七のときである。

蓬萊屋では、ほとんど通し飛脚をやっていた。道中ほかの人手をいっさい借りず、最後までひとりで走りぬく、責任がいちばん重い飛脚である。

四十六になったところで、ひとまず引退した。まだ走って走れなくはなかったが、からだがもとにもどるまで、時間がかかるようになったのだ。からだが元手の商売だから、その見極めは自分でするしかない。ここらが潮時かもしれないと思った。

とはいえ完全に身を引いたわけではなかった。以後はそのつどの手間賃取りということにしてもらい、帳外人の身分で、気軽に仕事をさせてもらっている。

この道程まで、すべて弥平の後を歩いてきたものだ。蓬莱屋に移ったときも、先に移った弥平から呼ばれて引っこ抜かれたからである。帳外人になったのは、弥平から遅れること二年だった。

法恩寺のお参りをすませ、門前町で酒を一升買った。帰るときになって、徳利がいつもとちがうことに気がついた。これまで見慣れていた徳利は、硬い焼きしめの、黒に近い、こげ茶色の瀬戸だった。形は同じでも、こっちは色がもっと明るい。

法恩寺橋を渡り、西へ向かいはじめたとき、むこうから通りへでてきた男が、やはり西のほうへ歩きはじめた。照り降り長屋のあたりからでてきた。しかも一瞬仙造のほうに顔を向けた。仙造と顔を合わせたくなかったから、西へ向かったような気がした。

顔まで見えたわけではないし、からだつきにも見覚えはなかった。五十前後、羽織《はおり》と草履《ぞうり》、着こなしを見れば大店《おおだな》の主人とまではいかないにしても、番頭格ぐらいの押しだしは持っていた。

のろのろ歩きながら男の後姿を見守っていた。男は竪川《たてかわ》に突きあたり、右に曲がって、両国橋のほうへ姿を消した。

仙造の足が遅くなった。徳利に目を落とし、空に目を移して考えはじめた。

これまで気にもとめていなかったことが、なんの脈絡もなく急に思い出されてきて、みるみる頭からこぼれそうになった。

最初に見せたおふうの顔。

あれはほんとうにおどろき、あわてた顔ではなかったか。

湯あがり。長火鉢に沸いていた湯。いつもとちがう徳利。

もうひとつ、思いだしたくないことがあった。仏壇の扉が閉まっていたのだ。

弥平が亡《な》くなったあと、おふうがどうやって生計を立てているか、仙造は知らなかった。いつか聞いたら、また小唄の弟子でもとるよ、と言った。だがいまだにそれをはじめたようすはない。

これまでの貯《たくわ》えで、つましく暮らすといった女ではもとよりなかった。弥平にかぎらず仙造もそうなのだが、そういう商売をやっている人間に、爪《つめ》に火をともすような暮らしは似合わない。金は天下の回りもの。事実そのおかげで、これまでなんとかやってこられた。

おふうもそういう意味では根っからの江戸っ子だった。粋《いき》がるのでも、見栄《みえ》をはるのでもなく、そういう暮らしが身についていた。そんな暮らししかできなかった。

弥平が死んだとき、仙造は勝五郎が出してくれた香典を届けている。そのときの五両が、翌月行ったときはきれいさっぱりなくなっていた。久しぶりに法恩寺のお参りをしてきたよ、と声をあげながら家にはいって行った。

「お賽銭《さいせん》をあげたのぁ何年ぶりのことだろう。おれみたいな人間ばっかりだったら、浅草寺《せんそうじ》だろうが富岡八幡宮《はちまんぐう》だろうが、瓦《かわら》一枚新調できねえと思うんだがよ。それがどこでもすげえ人出だ。帳尻は合ってるときてるから、世のなかってえもんは、つくづくよくできてると思うわなあ」

「じゃあ道楽もしない仙さんとこは、さぞかしおあしが余ってんだろうね」

おふうは台所にいた。

「そんなわけねえだろう。稼いだ金はぜんぶ水みてえなもんになって、このなかへはいっちまうんだからよ」

腹を叩《たた》いてみせた。

煙草《たばこ》の匂《にお》いがした。おふうは煙草を吸う。

仏壇の戸が開いていた。

うまそうな匂いが立ちのぼっていた。竈《かまど》ではめしが吹きあがったところ。七厘《しちりん》では湯が沸き、鰆のあらで出汁《だし》がとられていた。

おふうは髪を総髪に束ね、たすき掛けをして、大根をきざんでいた。鼻は高くないが、口許《くちもと》がほどよく引きしまり、いつだって血色がよい。見るからにさっぱりした顔といってよかった。

いつまでも、ひとつことにこだわっている女ではなかった。頭の切り替えが早く、あきらめも早かった。忘れるべきものは、忘れてしまう。

仙造のほうが忘れられないだけである。

おふうには、弥平が旅先で亡くなったとしか伝えていない。殺されたことは隠しているのだ。

弥平のからだには十数ヶ所の切り傷があった。ただすべてが浅手だった。弥平が死んだのは刀傷のせいではなく、体力がつきての衰弱死だったのだ。襲ってきた敵の手からは逃れたが、つばくろ尾根を越えて藤倉までたどりついたところで、命の火が消えたのだ。

着物が糞《くそ》まみれになっていた。腹の皮が背中へくっつきそうになっていた。ひどい食中《しよくあた》りをおこしていたらしく、遺骸《いがい》は木乃伊《ミイラ》みたいにやせていた。十七、八貫はあったがっしりしたからだが、そのときは見る影もなくなっていたのだ。

以来仙造は新潟湊へ出かけるたび、弥平の跡をたどり、なにが起こったか、真相を探りだそうと苦心していた。

これまでにわかったところでは、前日に泊まった津川の旅籠《はたご》で、食中りになったということだ。まえの晩に出されたなますがわるかったらしく、夜中から大騒ぎとなり、十人をこえる人間が苦しみはじめて、これまでわかったところでは三人が死んでいた。その三人のなかに、弥平はふくまれていない。

弥平は自分が食中りになったことを知っていながら、夜明けには出《しゅっ》立《たっ》していた。ひそかに大金を運んでいたてまえ、治療はむろん、とどまっていることもできなかったのだ。

「仙さん、なにをぼやぼやしているの。お坐《すわ》りなさいよ。さあ、膝《ひざ》をくずして」

せかされるまでぼんやりしていた。あわてて坐りなおした。

長火鉢を隔てておふうと向かい合った。かつては弥平の坐っていたところだ。

七つ時分だったが、かまうことはない。ふたりで飲みはじめた。肴《さかな》は刺身と煮つけ、野菜の炊《た》き合わせとして空豆と人参《にんじん》、めしには潮汁《うしおじる》がつく。

酒は銚子《ちょうし》で燗《かん》をして、湯飲みで飲んだ。まずたてつづけに二杯あおり、それから肴に箸《はし》をつけた。

「うまいなあ。どこの家で馳走《ちそう》になるより、ここにきて呼ばれる酒がいちばんうめえや」

いつもそういう台詞《せりふ》からはじめる。以前は弥平がしょっちゅう呼んでくれた。いなくなってからはそうたびたび押しかけてこられなくなったが、それでも口実をもうけ、これまで三、四回はきているだろう。だがきょうは勝手がちがった。うまくいかないのだ。味がわからなかった。これほど飲んで味のしない酒は、はじめてだった。だいたいどんなときでさえ、きょうほどぎこちなくなかった。

当然話ははずまない。口がどうしても重くなってしまうのだ。おふうにそれが、わからないはずはなかった。しばらく仙造の顔色をうかがっていたものの、とうとうじれて、口をとがらせた。

「どうしたのさ、仙さん。おかしいよ。お通夜《つや》みたいじゃないか。まるで身がはいってないよ。人を見る目つきまでちがうじゃないか。なにか言いたいことがあったら、はっきり言っとくれよ」

「めっそうもねえ。そんな風に思わせたとしたら、ごめんなさせえよ。

おふうさんに不満なんか、あるわけないじゃないか。気を悪くしたんだったら、ごめん。ちがうんだよ。そんなんじゃねえ。おれはただ、なんにもできなかったてめえが情けなくて。ここにこうしているだけで、どうしてもあにきのことが、思いだされてならねえんだ」

「またそれかい。もうよしとくれ。しゃべったからって、あの人が帰ってくるわけでもないだろうが」

「わかってるんだよ。こんなときに、いうべきことじゃないってことぐれえさ。それが、どうしても、だめなんだ。おれのなかで、割りきれねえものが残ってて、そいつがいまでもこう、むっくり鎌首《かまくび》を持ちあげやがって」

おふうはあからさまに顔をしかめた。棘《とげ》のある目で、仙造をにらみつけた。不機嫌になると頬がへこみ、首筋がえぐれる。四十何年ぶんの垢が浮きだしてきたみたいな、くすんだ顔になる。

一方で左手の指は、ちがう生きものみたいに長火鉢の縁をなでていた。

弥平が知りあいの指物《さしもの》大工に注文をつけ、別あつらえでつくらせた火鉢だ。長屋に置くような代物《しろもの》ではない。

くわしいことはしゃべらなかったが、母親の思い出と結びついているらしかった。世帯を持ったら、なにはさておき長火鉢を置こうと、子どものときから決めていたのだという。

「おれはね、あにきが好きだったんだ。はじめて会ったのが、十一のときなんだよ、十一。四十年からのつきあいになるんだ。一方で親の顔も、きょうだいの顔も、知らねえ。おれにとっちゃあ親も同然、じつのあにき以上。叱《しか》られたり、どやされたり、張りとばされたりしながらも、ときには励まされたり、いたわられたりして、きょうまで引き立ててもらってきた。こんなことを言っちゃあ笑われるかもしれねえが、おふうさん以上に、おれには身近な人だったんだ。そのあにきは、おふうさんに心底惚《ほ》れていた。おふうさんと一緒のときの兄貴の顔、よく覚えてるだろう。目尻がこんなにさがって、口許がゆるんで、そりゃあ見られた顔じゃなかった。そういうあにきを見てるのが、おれは好きだったんだ。そういうあにきのそばにいるのが、うれしくてたまらなかった」

「わかったよ。お願いだからあの人の話は、もうやめとくれ。あたしゃいつまでもめそめそされるのはきらいなんだ」

「おれ、おふうさんをえらいと感心してるんだ。あにきがいなくなっても、ちっともめそめそしねえもん。それがほんとは、すごくうれしいんだ。顔を合わせるたびに泣き言をいわれた日にゃ、返せることばがなくなっちまうからよ。おふうさんは芯《しん》がつえぇんだ」

「なに、ばかなこと言ってるんだよ。それ、言い方を変えりゃ薄情者ってことじゃないか。その通りだからしようがないけどさ。あたしゃ性分として、抹香臭《まっこう》いのはきらいなんだ。くよくよするのもいや。女がね、ひとりで生きていくって、人には言えないことがいっぱいあるんだよ。そのいっぱいのおおかたを、あたしゃしてきたんだ」

「おふうさんが」

「おたんこなす。いい加減にしないと、怒るよ。かすみを食って生きてきたわけじゃないんだ。そりゃあたしだって、弥平が好きだったよ。あの世に行って一緒になれるもんなら、また一緒になってもいいと思ってる。だけどいまは、ちがうだろ。弥平はあの世。あたしはこの世。この世へ置いていかれたあたしは、この世で生きる算段をしなきゃならないんだよ。くそ、仙さんがそんな話をするから、こっちまで醒《さ》めちまったじゃないか」

「すまねえ。おふうさん、わるかった。そんなつもりは、これっぽっちもなかったんだ。わかってくんなよ。おれはおれで、こぼしたかったんだ。こんな愚痴、こぼせるところがほかにねえんだよ」

「しつこいねえ。よし、わかった。聞いてあげる。あたしでよかったら、好きなだけこぼしな。さ、飲んで、好きなだけこぼしなよ」

銚子を突きつけておふうは言った。悪い酒だ。酒のよしあしではなくて、飲み方が悪かった。いくらも飲んでいないのに、もう回ってきて、ふたりともわずかではあるが頭をふらつかせはじめていた。

おふうはすこし機嫌をなおした。顔のまるみがもどり、目が細くなり、口許が濡《ぬ》れて、つややかに光りはじめた。襟元からのぞいている胸が桃色になっていた。

暗くなってきた。おふうが行灯《あんどん》をともした。

灯がともると、おふうの顔はこれまでとちがう輝きを放ちはじめた。あだっぽくなった。

と思ったら、ちがう一升徳利《いつしようどつくり》がでてきた。見覚えのある黒ずんだ瀬戸ものだ。

床下あたりからでてきたか。

そっちの酒のほうがはるかに味はよかった。一升あたり百文は高いだろう。とはいえ酔い心地に差のあるはずはねえ。

半鐘《はんしょう》が鳴りはじめた。

近くはないが、遠くもない。しかも数がだんだん増えてきた。

長屋の外で声があがりはじめた。

松倉町あたりらしいぜ、男の声が言った。それだと七、八町は離れている。とはいえ、高みの見物をきめこんでいられるほど離れているわけでもない。

「気をつけたほうがいいんじゃねえか。煙がこっちへ流れてきたぞ」

外の声がだんだんあわただしくなってきた。

「いやだねえ。これじゃおちおちお酒も飲んでられないよ」

「これも、なにかの前触れってやつかもしれませんぜ。そろそろお暇《いとま》したほうがいいかもしれねえ。そのまえに、ちょっと火の勢いを見てきやすよ」

そう言うと仙造は雪駄《せった》を突っかけ、外へ出た。

煙の臭《にお》いがした。たかぶった子どもらが走りまわっていた。どの家も夕餉《ゆうげ》の最中だったはずだが、こうなってはめしどころではない。かみさん連中まで集まって、立ち話をはじめていた。

堀割の通りへ出た。やじうまが左のほうに向かって走っていた。屋根の上は物見で鈴なりだ。

通りからは火が見えなかった。

「でえじょうぶだ。火消しが働きはじめた。火の勢いもさっきより弱くなったぜ」

物見にいる男のひとりが、下に向かって身ぶりをまじえながら言った。

「そういや、煙が減ったな」

「風向きが変わったんだ」

仙造はおふうの家にもどった。

おふうは疲れた顔で、火鉢の火を見つめていた。肩が落ち、すぐには仙造がもどってきたことに気がつかなかった。

「どうやらぼやでおさまりそうです。よかった。おふうさんを背負って逃げださなきゃならんようだと、それはそれでうれしいが、そのときはまたべつの力がいりますんでね。これで安心してお暇できます」

「じゃあ仙さん、ごはんを食べてお行き。いま汁を温めなおしたから」

「ありがとうございます。遠慮なくいただいてゆきやす」

飯をかき込んで潮汁をすすった。残っていた肴もすべて腹におさめた。最後はめしに汁をそそぎ、ぶっかけめしにした。おふうは給仕をするだけで、仙造の食いっぷりを黙って見ていた。

ご馳走さま、を言って箸を置いた。

仙造は立つと、奥の板壁にかかっている仏壇へ行った。箱膳《はこぜん》ほどの大きさしかない小さな仏壇だ。線香を一本取ってきて行灯の火から移し、鉦《かね》を鳴らして手を合わせた。

おふうはまったく動かなかった。ほうけたような顔になって、ぼんやりしていた。仙造が帰る挨拶《あいさつ》をしたときも、聞こえたように見えなかった。

「仙さん、つぎはいつくるの」

「しばらくこられねえかもしれやせん。あにきがいなくなって、その分忙しくなっちまったもんで」

「あたし、いつまでもこの家にいないかもしれないわよ」

おふうは力のない目を仙造にあずけて言った。

仙造は背筋を伸ばして正座し、あらためて一礼した。

「わかりやした。これまでつきあってくだすって、ありがとうございました。おふうさんのことは、忘れません」
「仙さん。ほとけさんを拝むくらいなら、なぜあたしを拝んでくれなかったのさ」
おふうがなじるような顔になって言った。
仙造は黙って土間へおり、雪駄をはいた。
もう一度おふうに向かって一礼した。そして外へ出た。
やじうまがまだ走っていた。仙造は反対の方角に向かって歩きはじめた。

5

蓬莱屋勝五郎の住まいは神田川にかかる和泉橋から、一町ほど内神田のほうへはいった岩本町にある。

家は路地の奥まったところにあり、表からは見えない。四方を家と塀《へい》でとり囲まれた、日当たりのわるいところだ。敷地いっぱいに建てられているとはいえ、それでもわずかに三間。ただし後に二階建ての土蔵がついている。

じつをいうと、以前の蓬莱屋が奥蔵として使っていたところなのだ。当時の蓬莱屋は間口がせまく、手狭だったのでひろいところを探していた。いまの元岩井町の店が見つかったので引っ越していったのだが、しばらくは蔵がたりなかった。それであたらしい蔵ができるまで、もとの店を奥蔵として使っていたのだ。

荷物が置いてある以上だれか住んでいなければならない。それで新店へ移るのを機に、引退することになっていた総元締めの勝五郎が、ではおれが住もうかと言いだしたのだ。

これまで蓬萊屋の総元締めは引退すると店をでて、べつの家なり自分の店なりをかまえるのがふつうだった。勝五郎はその道を選ばなかった。所帯も持たなかった。

以来九年、六十一になるいまも、この土蔵つきの家で独り暮らしをしている。とはいえめし炊《た》きや洗濯、掃除は、前の長屋に住んでいるおかねというばあさんがきてやってくれる。また自分の都合のよいとき押しかけて行く女もひとり、いることはいる。

勝五郎がこういう暮らしをしはじめたのも、ときどきやっていた頼まれごとの裏仕事が増え、いまではそれが本業になってしまったからだった。

建前上は、蓬萊屋と別仕立てということになっている。あっちが表《おもて》店《だな》、こっちが裏店、分家ないし暖簾《のれん》分けみたいな扱いだ。これはなにかことがあったとき、表店に累《るい》が及ばないようにという配慮からだった。

したがってここから三町と離れていない蓬萊屋へは、よほどのことがないかぎり顔はださなかった。店に用があるときはおかねか、その亭主の秦吉《しんきち》に走ってもらい、向こうで用があるときはいま総元締めをやっている忠三郎《ちゆうざぶろう》が自分からやってくる。

裏の仕事、といっても後暗いことに手をだしているわけではなかった。もともとは日本橋の室町、駿河《するが》町から瀬戸物町へかけての一帯に多い両替商、為替商から頼まれ、日々の相場の速報や、正金《しょうきん》の送り届けをするようになったことからはじまったものなのだ。

江戸の商取引はこのころすでに公儀の禄高《ろくだか》を上回るほど大きくなっており、日本橋界隈《かいわい》の大店を移動する金だけでも、一日十万両はくだらないといわれていた。

江戸京大坂間の商取引は、為替切手による相殺《そうさい》勘定が多かったから正金の動くことはそれほど多くなかったが、商業経済が十分でなかったその他諸国になると、まだまだ正金のやりとりが中心になっていた。その運送を一途に引きうけている飛脚問屋も少なくなかったのだ。

ただ大金を安全に運ぼうとすれば、当然多くの人手が入用となる。人数が増えればそれだけ手間と日数もかかるわけで、その費用はばかにならなかった。

その金をもうすこし抑えられないか、という声にこたえて勝五郎の考え出したのが、小人数で、ひそかに運ぶといういまの方法だった。飛脚はひとりですませたほうが、金はかからないわけだ。ただそうなると、ひとりでも、安全に、まちがいなく運べるかという問題が生じる。

通りすがりの旅人が大金を携帯しているとなると、街道筋の胡散《うさん》臭い連中が狼《おおかみ》となって襲いかかってくるだろう。そういう目をくぐりぬけられるとしたら、慎重で用心深く、肝のすわった、いざというとき機転のきく、腕もたてば逃げ足も速い者でなければつとまらない。

そういう眼鏡にかなう飛脚となると、そうたくさんはいなかった。

事実これまで勝五郎も、このての仕事は弥平ほか数人のものにしかまかせていなかった。もし襲われて金を奪われたら、その損はぜんぶ勝五郎がかぶらなければならないからだ。

そしてこれまでのところ、すべてうまくいっていたのだ。弥平が襲われ、六百両の金が行方しれずになってしまうまでは。

仙造はこの一年、つまり嘉永《かえい》元年から二年にかけては、もっぱら江戸と新潟湊との往復に明け暮れていた。弥平が亡《な》くなってからはその回数が増した。

諸国から集まってくる船がふえ、新潟湊が未曾有《みぞう》の繁栄をはじめた時期でもあった。幕府が長岡藩から新潟を取りあげ、新潟奉行が置かれてまだ六年しかたっていなかった。

信濃《しなの》川と阿賀野川の河口にできたこの湊は、深くて出入りが容易だったこともあり、年々出入りする船が増加して、いまでは日本海側で最大の賑《にぎ》わいを見せるまでになっていた。

江戸までの陸路が、ほかのどの湊より近いのも大きな強みだった。そのうえあたらしい盛り場のつねとして、取締りの目が隅々まで行き届かないところもあり、立ち回り方次第ではより多く儲《もう》けることができる恰好《かっこう》の地でもあったのだ。

それだけ胡散臭い金が集まってきたこともまちがいなかった。最近では清《しん》から大量の銅銭が持ち込まれているという噂《うわさ》も、何度か耳にしていた。

天保《てんぽう》十三年に銭相場が定められたのだが、そのために起こったことというと、ふだんの暮らしにさしつかえるほどの銭不足だった。

いくら押さえつけようとしたところで、相場というものは生きものだから毎日動く。相場の低いところから高いところへ銭を持って行けば、差額分が儲かるのだからどうしても銭は片寄る。すると一方では必ず銭不足が起こってしまうのだ。

出所の知れない大量の銭を、ひそかに運んでいると思われる一隊を、仙造も一度見かけたことがある。ご禁制であろうがなかろうが、入用とされるところへはなんでも集まってくるのが世のつねなのだ。現にこのごろは仙造の運んでいる金でさえ、後暗くないまっとうな金といえるかどうか、わからないことがしばしばあった。

仙造のほうにそれをたしかめる術《すべ》はなかった。頼まれたものを、頼まれたところへ運ぶしかないのだ。関所や番所を避けることが多くなったのも、何度か修羅場を潜《くぐ》りぬけてきた年の功で、これはやばい金じゃないかと頭の隅で目を光らせている虫が知らせるからだった。

山では雪便りが聞かれるようになったものの、江戸は十月のはじめ、まだぬくぬくとした日がつづいていた。

仙造は今回も越後からもどってきた。日光街道をくだって関東にはいると、西に向かって飛んで行く雁《かり》の群れが見えた。空《から》っ風の吹きはじめた畑では、麦を蒔《ま》くための土おこしがはじまっていた。

江戸へ帰ってくると時刻を問わず勝五郎のところへ向かった。胴巻きにおさめてきた八百両の金を引きわたさないと、仕事が終わったことにならないからだ。

金の受け渡しはいつも土蔵のなかでおこなわれる。人目につかず、話し声も外にもれないからだ。台所ではおかねが祝い膳の支度をしてくれていたから、土蔵の扉まで閉めていた。

「まちがいなく」

金をかぞえ終わった勝五郎がそう言って頭をさげた。金は金庫に納められ、これで仙造は一杯飲んで、下谷の長屋へ帰ることができる。

「ところで、つまらないことで耳を汚すが、まちがいがひとつ起きた」

口調を変えて勝五郎が言った。仙造は顔をあげた。勝五郎がそう言うからには、自分に係わりのあることなのだ。

「巳之吉が欠け落ちした」

「………」

「六日まえのことだ。手代《てだい》の新吉についていて得意先回りに行き、金杉橋から一足先に帰された。新吉はそのあと、薩摩《さつま》様のお屋敷へうかがわなきゃならなかったので、それ以上やつを連れて行けなかったのだ。店もはじめからそのつもりで巳之吉をつけてやってる。ところがそれっきりになっちまったのよ。帰りが遅いのでなにかあったんじゃないかと店が心配しはじめたとき、新吉が帰ってきた。そして一刻半まえに帰したことがはじめてわかった。巳之吉は集金した金を五両二分持っていた」

「持たせすぎじゃねえか」

「そうでもねえ。これまで新吉には何度も同道しているし、十両をこえる金を預けられたこともある。しかし一度としてまちがいはおこさなかった」

「新吉に思い当たることはねえのかね」

「ないらしい。おめえから聞いた話は、おれと忠三郎と伊助が知ってるだけで、店のほかのものには知らせてねえ。だからほかの連中は、店にきてからの巳之吉しか知らねえわけだが、だれに聞いてみても、この五、六年にはいってきた小僧のなかじゃいちばんできがいいと、ほめる声ばっかりだ」

忠三郎がいまの蓬莱屋の総元締めで、伊助がその名代をやっている。舞川村での巳之吉を知っているのは、店でもこのふたりだけなのである。

「猫をかぶってやがったんだ。これまで妙な素振りをしなかった、というのがそもそもおかしい」

「だが忠三郎や伊助が言うには、どう見てもそれほど陰日向《かげひなた》のあるがきには見えなかったそうだぜ。めしは人一倍食ったが、その代わり不平ひとつこぼさずよく働いた。すすんで手習いをやり、算盤《そろばん》を習い、いまではふたりの小僧を飛びこえて、はるかに読み書きもできるようになったそうだ。だから今回の遁走《とんそう》にしても、はじめのうちは悪いやつにとっつかまったんじゃないか、なにか騒ぎに巻きこまれたんじゃないかと、店の小僧が湯島辺りまで探しに行ったそうなんだ」

「気に入らんな」

仙造は吐きだすみたいに声を荒らげ、鼻を鳴らした。仏頂面《ぶっちょうづら》になっていた。

「弥平が死んでちょうど一年。今回も同じ道を帰ってきたんだ。先日雪が降ったばかりで、ところどころに残っていた。まだ根雪にはならねえにしても、ことしの山越えはこれでおしめえだろうな。そう思いながら帰ってきたところよ」

最後はつぶやくように言うと、腕組みをした。そして「五両二分か」とつぶやいた。

「ころあいの額とは思わねえか」

「おめえのことばを疑うわけじゃねえが、おれの目にもそれほどねじ曲がったがきにゃ見えなかったけどな。むかしはむかし、いまはいま。乞食《こじき》から抜けだせたのがうれしくて、心を入れ替えたんじゃねえかと思ってた」

「人間はそう簡単に生まれ変われるもんじゃねえよ。胸に一物ありゃあなおさらのこと。人前じゃそいつを隠す」

「ずいぶん巳之吉にからいな」

「おれの餓鬼のころにそっくりだからよ。おれも二十ぐらいまでは、目の前にひょっこり金がぶらさがってくれねえか、そればっかり考えて生きていた。おめえさんの目にはこれまで、まっとうにやってきた人間と映ってるかもしれんが、おれにしてみたらその金にお目にかかる折りが、とうとうなかったってえことにすぎん」

「どれくらいぶらさがってくれたら道を変えてたんだ」

「そうさな。きょうみたいに八百両もありゃあ、迷うことなく踏みはずしていただろうよ」

「そいつは踏みはずす気がなかったってことじゃねえか。だいたいなあ。七百も八百もの金が若造の目の前にぶらさがってくれる折りなんてのは、そうあるわけねえだろう。けちな悪党どもを見てみろや。十両、二十両の金で目がくらんだやつらばっかりよ。はした金で自分を売り渡すことなんかできねえと考えるか、見境もなく十両の金に飛びつくか、そいつが器量の差ってえもんよ。おめえは辛抱ができた。ということはこれからも辛抱ができるってえことだ」

「褒めてもらうほどのことじゃねえよ。けど、さっき湯島とか言ったな。金杉橋でいなくなったやつを、なぜ湯島なんかへ探しに行くんだ」

「ときどき湯島聖堂に潜りこんで遊んでいたらしいんだ。こまっしゃくれたところがあるかと思うと、まるっきりのがきでさ。近くの子どもを集めて、がき大将になって得意になっていたらしい」

「小僧にそんな遊ぶ間があるか」

「だからときどきだろう。まあ息抜きということで、すこしは大目に見てやっていたのかもしれん」

「気に入らん」

がなるように言うと、仙造は眉間《みけん》にしわを寄せた。もともとがぎょろ目で、ひたいが狭く、ほおが削《そ》げているから酷薄な顔に見える。蠟《ろう》燭《そく》をともしたうすぐらい蔵のなかではなおさらだ。

「その、巳之吉が湯島聖堂で遊んでいたとかいう話、もっとくわしいことを聞けねえだろうか」

「かまわんだろう。そういう話なら、小僧に聞いてみるのがいいかもしれん」

勝五郎は仙造に待つよう言い、土蔵を出るとおかねを呼びに行った。店まで走らせたのだ。

待つほどの間もなかった。店から久六《きゅうろく》という、ことし十三になる小僧がやってきた。蓬莱屋での奉公歴は巳之吉より二年長い。

蠟燭のともったうす暗い土蔵のなかへ呼びこまれたので、久六は顔をこわばらせた。

「いや、すまねえな。気を楽にしてくれ。巳之吉のことでちょっと聞きたいことがあったから、わざわざ来てもらったんだ」

仙造が精一杯の愛想をうかべて言った。

「巳之吉がよく湯島聖堂のなかで遊んでいたとか聞いたけど、おめえさんはそいつを見たことがあるのかね」

「はい。一、二遍」

「巳之吉はなにをして遊んでた」

「たいてい木に登って遊んでました」

「木登りだな」

「ほかの子も木登りはしてました。けど上からぶらさげた縄をよじ登っていくのは、巳之吉にしかできなかったと思います」

「木の上からぶらさげた縄に、よじ登っていたというのか」

「はい」

「そうか。いや、ありがとよ。それだけ聞けば十分だ。わざわざ来てもらってすまねえな」

仙造は久六に駄賃をやり、帰っていいよと言った。忠三郎か伊助に聞かれたら、正直に答えていいと。

勝五郎が久六を帰し、土蔵にもどってくると、仙造が勝手に長持を開けてなかの刀を物色していた。

仙造はぎょろりとした目を勝五郎に向けた。

「聞いただろう。この長脇差《ながわきざ》しを貸してもらうぜ」

長さが二尺三寸のものを一本選び、腰にぶちこんだ。

勝五郎が横へきて、同じように脇差しを選びはじめた。背丈が仙造より三寸は大きい。目方も三貫くらい差があるだろう。勝五郎は長さは同じでも、もっと振りでのある重いものを選んだ。

「なにも、そんな迷惑そうな、顔をしなくったっていいじゃねえか。そりゃおめえの足に比べたら足手まといかもしれん。年もとった。しかしこれでも若いときは、いちんち二十里は歩いてたんだぞ。道中が一日か二日余分にかかるかもしれんが、連れてきゃなんかの役には立つかもしれねえだろうが。蔵の番ばっかししてるのはうんざりだ。今度はなにがなんでもついて行くからな」

ふたりは蔵から出ると、酒ぬきにして、おかねのつくってくれためしをかき込みはじめた。

6

折り重なった山々が紫から青へ色合いを変えようとしていた。谷間《たにあい》の霧がわれがちに空へ帰っている。雪が多かったからそれほど晴れ間はつづきそうになかったが、朝のうちとはいえ晴れてくれたのはありがたかった。藤倉では雪になるかもしれないと、村人が本気で心配してくれたのだ。

尾根に近づくと、昨夜降った雪がうっすらと地上をおおいはじめた。霜かと見まがううすい雪だ。それだけ剝《は》がれやすく、滑りやすい。すすむほどに、日の当たっているところから溶けはじめた。

しかし冷たかった。けさの冷えこみときたらとびきりだった。息を吸いこむだけで喉《のど》がしびれた。指はかじかみ、とうからなにも感じなくなっていた。足ときたらいまや鉛である。

声まで出なくなった。勝五郎に行き先をしめすのは、もっぱら杖《つえ》。勝五郎もうなずくばかりで、答えない。顔がこわばり、口が開かないのだ。

やっと着いた。ここだ、と仙造は杖でしめした。

例の尾根の先っぽだった。だが谷底には霧がたまり、広さ、深さとも、よくわからなかった。さしおろしてくる朝日にせかされ、音をたてんばかりの勢いで立ちのぼっている霧のみせわしなく動いていた。

岩の先端まで行って雪を払い、勝五郎を手招いた。

腰をおろせと合図して下を指さす。うごめく霧の間から岩棚がかかろうじて見えた。

「あれか」

腹ばいに近い格好でのぞき見ながら、勝五郎が言った。へっぴり腰だ。高いところは苦手だという。

「あっちこっち探し回ったあげく、ここしかねえと見当をつけたんだ。この一年で四回、ここを通ってる。そのたんびに道を変え、探せるところはぜんぶ探した」

周囲の山並みを手でしめした。そのとき気がついて、右手にひらけた谷の向こうへ杖を向けた。

霧の切れ間から四角なものがふたつのぞいていた。家の屋根だ。

「あれが落合村だ」

「だいぶあるな。ここからだと、どれくらいかかる」

「くだりなら一刻《とき》だろう。だがそのまえに、食えるものを食っとこう。この天気が、あんまり持ちそうにないからよ」

西の空へ目を送りながら言った。雲が黒くなりかけていた。

腰にくくりつけていた荷をほどき、ひろげた。たくあんを添えたにぎりめしが六つはいっていた。昨夜のうちに藤倉でつくらせたものだ。

ふたりの朝めしである。

「おお、冷めてえ。こんなに腹の芯《しん》から冷え凍るめしってえのは、はじめて食ったぜ」

こわばったあごで食らいつきながら勝五郎が言った。

「その代わり、あとでこれがある」

仙造はもうひとつの竹筒を見せた。孟宗竹《もうそうちく》の一節を生かしてつくった水入れだ。なかにどぶろくがはいっている。これも頼んで、とくべつにもらってきた。前回縄を編んでもらったとき、手間賃をはずんだのが、こういうかたちで生きてきた。

めしを食い、どぶろくを飲んだ。どぶろくのほうは、ひとり頭にしたら一合ばかりしかなかったろうが、それでもぬるい湯を飲んだくらいの温《ぬく》もりが、腹にできた。

思いのほか日差しが暖かくなってきた。いわゆる小春日和《びより》というやつだ。風もない。雪もあらかた溶けてしまった。空を見あげると、目の前だけ雲が切れている。このぶんならあと一刻ぐらい待ってくれるかもしれない。

「落合村にはいってからの手はずを決めておこう」

「元締めは愛想を振りまいてくれたらいいよ。その間におれが銀三親子の探りを入れてみる。昼間は仕事にでかけて村にいねえだろうから、ある程度村人の本音が聞けるんじゃねえかと望みをかけているんだ。三人がいると、みなだんまりになっちまうのよ」

「しかしそれほどの悪《わる》だとすると、ものごとの勘定なんかできねえはずだぞ。弥平を殺《あや》めて金を奪っていた日にゃ、飲めや歌えやで、すぐわかってしまいそうなもんじゃねえか」

「そのようすがねえからこれまで見逃してきてやったんだ。弥平を襲ったのがやつらだってことは、九分九厘《くぶくりん》まちげえねえと思ってるよ。落合村界隈《かいわい》にゃこの連中ほど悪いやつはいねえんだ。ただそれでも、たしかに、金は手に入れてねえな。こうなったらもう待てねえ。ひとりとっつかまえて、口を割らせようじゃねえか。その話から、なにか糸口がつかめるかもしれん」

「しかし大外れもいいとこだったな。巳之吉の影も形もなかったんだ。それも仕方がねえとは思うけどよ。だが巳之吉が藤倉に足を踏み入れてなかったからって、代わりに馬子《まご》の親子三人に疑いをかけるってえのは、強引すぎるんじゃねえか。もしまちがってたら、二度とこの街道を通れなくなるぞ」

巳之吉がこの山へ舞いもどってきたはずだという仙造の読みは、残念ながら外れていた。藤倉のどこで聞いてみても、巳之吉を見かけた者はいなかったのだ。人家が二十数戸しかない小さな村だし、春に二日逗留《とうりゅう》したことで巳之吉の顔はだれにも知られていた。それなのにどこで聞いても、巳之吉の巳の字もでてこなかったのだ。

「まだそうと決まったわけじゃねえ。会津坂下から津川へぬけて、そっちからはいってきたってことも考えられる」

仙造は口惜《くや》しそうに言い、出立《しゅったつ》する支度をはじめた。立ちあがると手足を動かしてからだをほぐし、例によってそこらじゅうばんばん叩《たた》きはじめた。さいごは両頬を二回、強く張ってお終《しま》いだ。

その目が、たまたま向かいの松の木に向けられた。

仙造は不審そうな顔をして松に近寄り、根元から藁《わら》くずを一本拾いあげた。藁くずはまだあった。さらに一本、また一本。

仙造は狼狽《ろうばい》して松の根元の周辺を掻《か》きまわしはじめた。幹に手をかけ、揺さぶった。顔をあげると、手にした藁くずを勝五郎のほうにさしだした。いまにも噛《か》みつきそうな顔をしていた。

「どうしたんだ」

「こいつだ。例の松よ。そのうえで、この藁くずを見ろい。周りにいっぱい散らばってるぜ。こいつはおれが藤倉でつくらせた縄のくずじゃねえ」

「まさか」

「やろう、やっぱりきてやがったんだ。巳之以外に考えられるか。八日まえにおれがここを通ったときにゃ、こんなものはなかったんだ。そのあとだれかやってきて、この松に縄をくりつけ、ここにぶらさがったとしか考えられねえじゃねえか」

怒気をみなぎらせて仙造は言った。目が吊《つ》り上がっていた。血走った目でそこらじゅうをにらみまわした。顔がどす黒くなり、目が燃えださんばかりの光を放って、憎悪《ぞうお》と怒りのつよさをあらわしていた。

「行こうぜ」

勝五郎に指図がましく言うと、先に立って歩きはじめた。

「するとおめえは、これを巳之吉の仕業だと考えてるんだな」

追いついた勝五郎が言った。

「やつが係わっていることはまちげえねえ」

「そうかもしれねえが、ぞっとしねえな。十一かそこらのがきが、そこまでやるか」

「おれもだ。おれも悪がきだったが、そこまで知恵は回らなかった」

「もっと人を連れてくるべきだったな。ふたりじゃたりねえかもしれん」

「とにかく落合村まで行ったら、足どりがつかめるはずだ。あの藁切れのようすだと、まだ何日とたってねえ。麓《ふもと》へおりたらこっちのもんよ。必ず追いついてやる」

ふたりは足を早めて山を下りた。旅立って四日目、勝五郎のからだもだいぶ慣れ、仙造にいらだたしい思いをさせないくらい足も速くなっていた。

勝五郎とて三十になるまでは、定飛脚《じょうびきゃく》のひとりとして、関東界隈《かいわい》を歩き回っていたのだ。そのうち飛脚としてより、それを束ねる宰領《さいりょう》の技量に秀《ひい》でていることが認められ、店に引きあげられた。手代となって商売全体の手ほどきを受ける身になったのだ。

先々代甚兵衛《じんべえ》が総元締めをやっていたころのことである。甚兵衛のにらんだ通り、勝五郎は手代となってさらに力を発揮した。そしてついには総元締めとなり、今日の蓬莱屋の元をきずいた。九年つとめて忠三郎に道をゆずり、岩本町の隠居となった。

したがって仙造とのつきあいは、飛脚時代からいえば二十数年になる。いまでもおれ、おめえ呼ばわりできる遠慮のない仲だが、かたや総元締めから隠居、かたやそれに雇われている飛脚であることに変わりはない。帳外者となってからも、雇い主と雇われ人のままである。

だが仙造のほうは、そのことにかくべつ不満やわだかまりは持っていなかった。人にはそれぞれ向き不向きというものがある。人柄に応じた身のほどというものがある。商売上の差配をしたり、人とかけあったり話を煮つめたりといった細々したことは、仙造にはとてもできない相談なのだ。

ただ勝五郎の後釜《あとがま》の隠居となると、まだ決まっていなかった。蓬萊屋の総元締めは、引退すると必ず隠居になるわけではなく、あくまでも本人の気持ちにまかされていた。いまの総元締めである忠三郎は、引退したらべつに所帯を持ち、勝五郎のあとを継ぐ気はないと言っているのだ。

勝五郎にしてみたら、おそらくさびしいことだろうと思う。だがその一方で、いまの仕事が自分の代で終わっても仕方がないとは思っているみたいだ。しょせん時代のあだ花。こういうご時世が長くつづくとは思えないからである。

それでなくとも近年は異国の船が頻繁に出没し、江戸湾に入ってくる船まで出はじめた。品川の浜辺には砲台が築かれ、警備に駆り出されている諸藩の侍の顔つきが変わってきた。日々の暮らしから国の行く末まで、この先無事にすむとはだれも思っていなかった。

落合村までおりてきたときは、空の八割方まで雲におおわれていた。それでも出立が早かったから時刻は四つになったばかり。風がないので日がさしおろしてくると、霜の降りた田からうっすらと湯気が立ちのぼった。

落合も山間にある小さな村だった。だが川の流れがゆるいうえ、里山も低くてなだらかなため、景色はよほどおだやかだった。川をはさんで左右へひろがっている田もひろく、人家はその奥の山裾《やますそ》に点々と並んでいた。

村はずれの小川の分岐へでたところで、足をとめた。仙造が流れの奥のほうへ目配せをした。

こちらは渓流になっている。水音は聞こえるが流れはほとんど見えなかった。田がすこしあるくらいであとは茅場《かやば》になっている。家は五町ほど奥に一軒見えるだけだ。

「あれが銀三の家よ。母屋《おもや》のほうに銀三と下の万吉が住み、納屋《なや》のほうに上の千吉が、女房子どもと住んでいる」

「銀三に女房はいねえのか」

「いるとは聞いてねえ」

「巳之吉の詮議《せんぎ》と、銀三親子の詮議と、どっちからはじめるんだ」

「そいつは巳之吉からだ。あっちが村のまん中で旅籠《はたご》があるから、そこで聞いてみよう。この村で縄をつくらせたとしたら、そいつを突きとめるくらい雑作もなかろう」

川下に十戸ばかり人家がかたまっていた。つばくろ尾根から見えた大きな屋根もある。片田舎には不似合いな浄土真宗の古い寺があるのだ。

「おい」

勝五郎が言ってあごをしゃくった。銀三の家を見とがめたのだ。

山のなかから人があらわれ、こちらへおりてくるところだった。銀三の家のほうへ向かっている。

女だった。それもふたり。ひとりは子ども。ともに大きな籠《かご》を背負っていた。

千吉の女房子どもにしては、ようすがちがう。と思ったときはふたりとも銀三の家の横をすりぬけていた。

しかもそのとき女が後からくる子どもに向きなおり、あわてて手を引いた。それから小走りになって通りぬけた。

仙造と勝五郎は顔を見合わせた。ふたりは女がやってくるのを待ちうけた。

老婆《ろうば》と、十《とお》に満たないくらいの女の子だった。背中に背負っているのは落ち葉。いまは畑に鋤《す》きこむ落ち葉をできるだけ集めたい時期なのだ。

ふたりの前へ、仙造がでて行った。

「銀三さんとこにだれかいたかね」

老婆はぎょっとして足をとめ、首をすくめて仙造を見あげた。顔をこわばらせ、目に恐怖の色を浮かべていた。むりもなかった。勝五郎と仙造の格好は、ここらの村ではまず見かけることのない、長脇差《ながわきざ》しをさした渡世人姿だったのだ。

「怪しいものじゃないんだ。家にだれがいたか教えてくれないか」

「知らねえだよ。いびきさ、聞こえただけで」

「いびき？　するときょうは仕事にでてないのか」

「仕事にはきのうから行ってねえだ。真っ昼間から酒飲んで、夜遅くまで大きな声をあげて騒いでただよ」

「きのうから行ってないのか」

「そ、そう思うだども、いや、おとといからだったかもしれね。ほんとはよく知らねえだ。この道はあんまり通らねえだから」

勝五郎が女の子にありがとうと言って、頭をなでてやり、駄賃を握らせた。女の子の顔が、雲からお日さまがでてきたみたいに明るくなった。

ふたりが帰って行くのを、見えなくなるまで見送っていた。

「また、ようすが変わったな」

勝五郎が言った。

「行ってみるしかねえな」

仙造が答え、合羽《かっぱ》と笠《かさ》の紐《ひも》を締めなおしはじめた。勝五郎は草鞋《わらじ》を取り替えた。

ふたりは銀三の家に向かった。

7

馬が二頭、家の後にある牧で草を食《は》んでいた。どちらも鹿毛《かげ》。毛深くて足の太い、荷駄用の馬だ。

古くて大きな家だったが荒れ果てていた。木組は狂っていないものの茅葺《かやぶ》き屋根はもう五、六十年葺き替えられておらず、波打ったり凹《へこ》んだりして草ぼうぼうになっている。門松になりそうな松の木だって生えていた。

建物は平入りで二つ並んでいた。手前のほうが母屋。前に雪隠《せっちん》と、木舞《こまい》をむきだしにしてくずれ落ちた土蔵が立っている。畑に植わっているのは青菜と大根。隅に積みあげてあるのは豆殻だ。井戸はなく、後の川から汲《く》んでくるのだろう、桶《おけ》と天秤棒《てんびんぼう》が牧の杭《くい》に干してあった。

家のなかから大いびきが聞こえてきた。音の高低から息継ぎの間もまちまち。何人かのいびきが重なっていた。

戸が半分開いていた。ゆがみ方を見ると、これ以上閉まらないみたいなのだ。

からだを斜めにしてなかへ踏みこんだ。はいったところが土間。蔀《しとみ》戸《ど》がおりているせいか真っ暗だった。

息を殺して目を慣らした。

人間の汗や馬の臭《にお》い、酒臭さがむんむんしていた。

右手が板の間だ。囲炉裏《いろり》が切ってあり、それを囲むようにして、三人の男が眠っていた。ふたりが仰向《あおむ》けの大の字になっている。いちばん奥にいるのが銀三だ。五十かそこらで、胸が厚く盛りあがっており、図体《ずうたい》もいちばん大きかった。顔の地肌が見えないくらい濃いひげ。頭は手を入れたことがなさそうな乱髪。ふんどしに単衣《ひとえ》の着物、上に袖《そで》なしの綿入れを着ていた。床に敷いている筵《むしろ》は布団《ふとん》代わりとしたものか。

その左に寝ているほおひげを生やした男。こいつが千吉だろう。年が三十見当。草鞋や脚絆《きゃはん》をつけたままで、いびきはいちばん大きかった。はおっているのは同じく綿入れ。腰に長煙管《ながぎせる》を差していた。

万吉のほうは二十四、五か。こいつだけ顔にひげがなく、からだもいちばん小さかった。色が白いわけはないが、ふたりに比べると女が混じっているみたいだ。顔つきもまともで、少なくとも悪相ではなかった。着ているのは股引《ももひき》に袖つきの綿入れ。手枕《たまくら》をして、横向きに眠っていた。

宴《うたげ》の果てたあとの、ありとあらゆるものが転がっていた。徳利《とっくり》、湯飲み、どんぶり、椀《わん》、皿、箸《はし》、食いちらした肴《さかな》などなど。囲炉裏のなかには焦《こ》げて真っ黒になった肉のようなものが残っている。このぶんだと、二日くらい腰をすえて、飲みっぱなしだったというのがうなずける。

囲炉裏の燃えさしからはうす煙が立ちのぼっていた。埋もれ火が残っているみたいで、自在鉤《かぎ》には蓋《ふた》をした鍋《なべ》がかかっている。

音はしなかった。

奥のほうでなにか動いた。

土間に隣り合った厩《うまや》からだった。柱の向こうから、犬のようなものが頭をもたげていた。ふたつの目が仙造に向けられ、まばたきしながら、情けなさそうに見つめてきた。

縛って、転がされていた。横木を抱かされ、ここでも巳之吉は前で手を縛られていた。

厩の前には、蛇のような、とぐろを巻いた縄が積みあげてあった。武骨で太く、重そうな縄だ。それだけ頑丈に綯《な》われていた。

持ちあげてみると、瘤《こぶ》だらけだった。一尺ぐらいごとに、結び目がつくってある。縄というより、縄梯子《なわばしご》というべきか。伝って上り下りするときの、手がかり、足がかりが設けてあるのだ。

「金はどこだ」

仙造が聞いた。

巳之吉は顔を囲炉裏のほうへ向けた。

仙造は土足のまま板の間へあがった。

銀三をのぞきこんだ。節くれだった手足、開いた鼻、白髪、鬼瓦《おにがわら》を思わせる四角い顔。そいつが鼻と口を思うさま開いて、いびきをかいていた。

はだけた綿入れの下から、腹に巻きつけている革製の胴巻きがのぞいていた。二本締めている。いずれも弥平が持っていた胴巻きだ。

手で軽く触ってみた。中身がぎっしり詰まっていた。

勝五郎が千吉を指さした。もう一本の胴巻きが、やつの腹にくくりつけられていた。

仙造は脇差しを抜いた。勝五郎も抜いた。

銀三の背中へ手を回し、胴巻きを抜き取ろうとした。だが銀三のからだは大きすぎ、重すぎて、びくともしなかった。

仙造は刀を逆手に持ち替えると、銀三の腹へ真上から突き刺した。うめき声とともに銀三が目を開けた。驚愕《きようがく》と狼狽《ろうばい》。叫ぼうとしたが、目の前にいるのが敵だとわかっても、自分のからだにおこったことがまだわかっていなかった。それでも渾身《こんしん》の力をふるって跳ね起きようとした。からだが弓なりに反った。仙造は刀を引きぬき、両手で握りなおすと再度突き通した。

勝五郎は一刀で千吉を刺し貫いた。からだが大きいから力もつよいのだ。

万吉が物音に気づき、目を開けた。叫び声をあげるなり飛び起きた。逃げようとする背中を仙造の刀が刺し貫いた。刃は前に抜け、万吉は勢い余って囲炉裏のなかへ転げこんだ。鍋がひっくり返り、火の粉《こ》が飛んで、灰神楽《はいかぐら》が立ちのぼった。鍋で煮られていた豆が、ばらばらばらところげ散った。万吉は灰だらけになって土間まで這《は》いおり、そこで動かなくなった。

仙造は銀三のからだをひっくり返した。胴巻きをほどき、もう一回ひっくり返した。そうしないと、胴巻きを剝《は》がすことができなかったのだ。

銀三は目を開けて仙造のすることを見つめていた。口は開いていたが、なんにも言わなかった。怒りも、悔しさも、苦しみの色すら見せなかった。自分の身に起こったことが、まだわかっていないのかもしれなかった。

勝五郎は千吉の死体から胴巻きを取りあげ、なかにはいっていた金をかぞえはじめた。

仙造も胴巻きの端をにぎり、板の間で振った。小判が音をたてて落ちてきた。仙造は腰を落とし、手早くかぞえはじめた。かぞえ終わった小判は、二十枚ずつ積み並べていった。

「百九十二」

勝五郎が言った。

「三百五十三」

仙造が万吉のからだを起こし、ふところを探った。持っていた巾《きん》着《ちゃく》のなかから十七両でてきた。残り三十八枚。

仙造は血刀を持ったまま巳之吉に近づき、鼻先へ刃を突きつけた。

「し、し、知らねえっすよ。おらは一文ももらってねえ」

かぶりを振って必死に言った。

「そ、その男のおっかあが、何枚か、もらってるはずだ」

ふたりがぎょっとした。

外で声がしたのだ。山のほうからだったが、近づいてくる声だった。

おとなと、子ども。それも女だ。

勝五郎が戸を閉めようとした。動かない。力まかせに引いた。戸ごと桟《さん》から外れた。

その大きくひろがった戸口から、赤いものが飛びこんできた。ふわっとひらめいたもの。はしゃいだ声と格好が、目の前で躍って、動かなくなった。

立ちすくんでいた。

真っ黒に日焼けした百姓女だった。年が三十ぐらい。平べったい顔に、ずんぐりしたからだ、背丈は五尺足らずしかなく、顔には疱瘡《ほうそう》の跡があばたとなって残っていた。継だらけの野良着《のらぎ》を着ていたが、その上に、おろしたばかりの赤い小袖を着込んでいた。色ばかり派手な、小娘あたりが好みそうな牡丹《ぼたん》模様。似合っているとはお世辞にも言えなかった。だがよそ目にはどうであれ、晴着にはちがいないのだ。

子どものほうは六つか七つくらい。こちらもぼろの上に、木に竹を接《つ》いだみたいな鹿の子の振り袖を着ていた。頭の髷《まげ》は結ってもらったばかりらしく、真っ赤な葉のついた楓《かえで》の小枝でとめている。手には摘んできたと思われる山柿《やまがき》の小枝。その熟した実を口にほおばっていた。洗ったばかりか、ふたりともさっぱりした顔をしていた。ほおはつややかに輝いていた。母親のほうも髪を洗っている。結ったばかりの髷には穂のついたすすきを差していた。

「この男の女房だな」

前にでて勝五郎が言った。

「ごらんの通りだ。こいつらは人を殺《あや》め、おれたちの金を奪った。それをいま取り返したところだ。報いを受けたのは自業自得《じごうじとく》。どのみちこれだけの金を盗んだとあっては、首と胴とはつながらねえ。それでおまえに聞く。こいつらから金をもらっただろう」

女はすくみあがった顔を、なんとか振りおろした。目が勝五郎に釘《くぎ》づけ、ことばはまったくでてこない。

「そいつをぜんぶ、ここへ持ってくるんだ」

女の目がちらと娘に走った。

「娘は置いていけ」

仙造が言った。

女はわが娘と、転がっている三人とへ目を向けた。その重さを、とっさにはかった。そしてものもいわず、飛びだしていった。

「おじょうちゃん、いくつだ」

勝五郎が声を変えて娘に言った。女の子はこわばった両手をあげ、指を七つひろげてみせた。右手の親指はまだ柿の小枝を握っていた。

「名は？」

「はる」

勝五郎はうなずくとはるの頭に手をやり、やさしくなでた。走りもどってきた女が、それを見て息を呑《の》んだ。娘が絞め殺されると思ったのかもしれない。

女は手にした金を両手でさしだした。左手に小判が握られていた。十枚はありそうだったが、十五枚とはなさそうだ。右手には小粒がいくらか。

「残りは使ったのか」

うなずいた。

「そういう金の使い方をしちゃあだめだぜ。きれいな着物を着たい気持ちはわかる。だがいままでこんな地味な暮らしをしてきた人間が、いきなり飲めや歌えやの大騒ぎをはじめたり、ちゃらちゃらした着物を着て浮かれ歩いたりしはじめたら、世間のものはどう思うよ。これが津川の町や新発田のご城下だったら、目明かしに目をつけられて、たちまちしょっぴかれるぞ。娑婆《しゃば》へは二度ともどってこられなくなる」

勝五郎ははるの頭に手を当てたまま、女のほうに押しつけた。

「無用な殺生《せっしょう》はしたくねえから、おまえたちは見逃してやる。いまからすぐ家をでて、津川か新発田まで行き、二、三日たったらもどってこい。そしてこのありさまをはじめて見つけた振りをして、村役人に届け出ろ。おめえたちの親父《おやじ》や亭主らは、村のきらわれものだったから、悲しんでくれるものはいねえだろう。だがそいつが殺され、おまえたちふたりが取り残されたとあっちゃあ、村のものは同情してくれる。身の振り方まで面倒を見てくれるし、なにかと世話をしてくれるはずだ。そのお情けにすがりながら、これからまっとうに生きて行け。ふたりだけで、やり直すんだ。この娘《こ》が、将来どういう人間になるかは、おめえの育て方しだいだ。人から目をつけられたり、疑われたりしないよう、おとなしく、地道に生きてゆくんだ。その金は、娘の育て賃としてくれてやる」

女はおずおずと頭をさげ、娘の手をつかむと、でて行った。

仙造はその間床に坐《すわ》り、数えた金をもとの胴巻きにおさめていた。一度胴巻きの臭いを嗅《か》いで、顔をしかめた。

「切りのいい数にしておこう」

半端《はんぱ》の数両を勝五郎へわたし、仙造が二本、勝五郎が一本、胴巻きを自分の腹へくくりつけた。

それが終わると、仙造は刀の脂《あぶら》を千吉の着物で拭《ぬぐ》った。それから抜き身を持ったまま巳之吉に近づいた。

巳之吉がこわばった顔で仙造を見あげた。仙造はかまわず、刀を突き刺した。縄の結び目がほどけた。

足音が聞こえた。ふたりが外へ出てみると、風呂敷《ふろしき》包みを担《かつ》いだ女が娘の手を引き、川下へ小走りに去って行くところだった。

「気にいらねえみたいだな」

仙造の顔を見ながら勝五郎が言った。

「まあ、これ以上の殺生はむだというもんでやしょう。それに損をかぶるのはおれじゃねえ」

「あんな百姓女が、この先うまく世渡りできるとは思えねえんだけどな。やった金が多すぎたかもしれん。かといって、そいつはおれの知ったこっちゃあねえ。あとは本人の心がけ次第よ」

巳之吉がうちしおれた格好で外へでてきた。

女が去ったのとは反対の方角へ、三人は足を向けた。これからまたつばくろ尾根を越えて江戸へ帰るのだ。

仙造が前、巳之吉が中、勝五郎がしんがりの順で歩いていった。巳之吉の着ているものはよろけ縞《じま》の袷《あわせ》。小僧のときの格好のままだったが、締めていた帯やふんどしはなくなっていた。

巳之吉を問い詰めるのは勝五郎がした。

江戸から逃げだしたあと、巳之吉は日光街道をまっすぐ北上していた。いちばん恐れていたのは、同じ道を帰ってくるかもしれない仙造に、どこかでばったり鉢合わせしないかということだった。それを避けるため、雪が降るぎりぎりまで、江戸で機会をうかがっていたのだという。

あとは仙造のにらんだ通り、会津坂下から鳥井峠を越えて津川入りし、それから落合へ向かった。落合で縄をつくらせたのは、ものごとの仕組みがよくわかっていない、子どもの猿知恵にほかならなかった。

弥平が藤倉まで逃げてきたことを考えれば、賊は越後側の村から出たと、まず第一に考えるべきだったのだ。弥平が大金を持っていると知った悪党どもが、にわか山賊となって後から襲いかかったのだろうと。

事実その通りだった。ひどい下痢を起こして歩くのさえ困難になっていた弥平は、おりよく通りかかった銀三の馬に乗ったらしいのだ。おそらく乗り降りさえできず、銀三らの助けを借りたのではないだろうか。そして大金を持っていることに気づかれてしまった。

巳之吉は落合の旅籠《はたご》に泊まり、百姓にたのんで縄を綯《な》ってもらった。重いのでそれを二回にわけて山へ運んだ。しかもその運びあげまで、百姓を雇ってやらせていた。

これでは不審がられる。そのあげく、当の銀三親子に嗅ぎつけられてしまった。あとは絵に描いたような筋書き。知恵をしぼって考えだした縄梯子を必死の思いで上下し、やっと上まで金を引きあげてみると、三人がにたにた笑いながら待ち受けていたというわけだ。

「それにしちゃあ、あの連中も慈悲深えじゃねえか。そのあとどうして殺されなかったんだ」

「殺されそうになったんでやす。それで下の岩の間に、もう一本落ちていると、とっさに嘘《うそ》をつきました。縄がたらなかったら、そこまでおりられなかったと。それで、まだ生かしておけ、ということになったんでさ。あと二、三日したら、もう一回取りに行かされていたと思います」

巳之吉は悪びれず答えた。憑《つ》きものが落ちたみたいな、素直な顔になっていた。今回ばかりは、隠し立てしている顔ではなかった。

だが仙造のほうは、まったく耳を傾けていなかった。聞いている風も見せない。口もださず、そっぽを向いて、知らん顔をしていた。

それが巳之吉を不安にさせたようだ。しきりに仙造のほうをうかがっては、おびえた顔になった。仙造の目に光っている冷たさが、これまでとはちがう突き放したものであることを、おのずと悟ったのだった。

つばくろ尾根へ着いた。

腰をおろすと休みをとった。例の松の木のすぐ脇《わき》だ。

雲がでて、いまではどこにも日の光がなくなっていた。西の空で低い黒雲がひろがり、勢いをつよめてこちらへやってこようとしている。

風が吹きはじめていた。下腹へさし込んでくる冷たい風だ。

「まだ聞くことがありますかい」

仙造が勝五郎に言った。

「ない。あらかたわかったし、金も九割以上取りもどしたから、これでよしとしなきゃならんだろう」

「じゃこいつを始末しやしょう」

仙造は素っ気なく言うと、巳之吉にむかってあごをしゃくった。

「おりろ」

「?」

「そこから飛ぶんだ。運がよきゃ、どっかに引っかかって助かる」

「親方!」

巳之吉は総毛立った顔で仙造を見あげた。

「お許しくだせえ、親方」

叫ぶなりひれ伏した。

「お許しくだせえ。どうか、どうか、お許しくだせえ。わたくしが悪うございました。このようなことは、二度と、いたしません。どうか命ばかりは、命ばかりは、お助けくだせえ」

「だめだ。おめえは腐った芋だ。おめえひとり腐るだけならかまやしねえが、周りの芋まで腐らせちまう。そういう芋はとりのぞくしかねえんだ」

仙造は立ちあがると脇差しを抜いた。刃を上にするとためらいもせず巳之吉に近寄った。

「親方ぁ！」

巳之吉がのどから声をほとばしらせて絶叫した。ひれ伏し、ひれ伏し、平べったくなると、地へ潜りこもうとするみたいにからだをこすりつけた。頭の上で両手を合わせ、全身をおののかせながら叫んだ。

「どうかそればかりは、命ばかりは、お助けくださいませ。この通り、この通りでございます。お許しください。わたくしが悪うございました。もう二度と、二度とこのようなことはいたしません。今度こそ誓って、誓って、申しあげます。ですからもう一回、もう一回許してくだせえ。もう一回、もう一回、立ち直る折りを、与えてくだせえ。どうか、もう一回……」

なりふりかまわない号泣。いまわの際《きわ》の、哀願だ。五体を声にして、ただ泣き叫んだ。おののき、ふるえ、心底恐怖ですくみあがっていた。叫びつづけて、ことばがでてこなくなった。あとは力をふりしぼって泣くだけ。

そして、その声も、途切れた。

「巳之……」

仙造が無情な声でうながした。

巳之吉がうなずいた。

「おいらがわるかったんです」

精根尽きた力のない声で答えた。

「魔がさしたんです。岩の隙間《すきま》に、あの胴巻きが、すっぽりはまりこんでいたのを見たとたん、なんにも考えられなくなりました。はい。

金が欲しかったんでさ。それだけです。好きなものを、好きなとき、腹いっぱい食える金が欲しかったんでさ。おっかあが飢え死にしたとき、おまえに、一度でいいから、腹いっぱい、食べさせてやりたかった、ごめんよ、ごめんよって……」

目を落として、いまでは地面しか見ていなかった。怖がってもいなかった。

「おめえ、ほんとはいくつだ」

勝五郎が聞いた。

「十三です」

巳之吉は答えた。

仙造は唇をひん曲げ、そんな巳之吉を腹立たしそうに、口惜《くや》しそうににらみつけていた。
空は垂れこめた黒い雲ですっかりおおわれてしまった。
風がやんでいた。ほおにかかる気配が一段と冷たくなった。
道を急いだ。
仙造が前、勝五郎が中、しんがりから巳之吉がついて行った。
舞いはじめた。
とうとう雪が舞いはじめた。今度こそ根雪になりそうなぼたん雪だ。
みるみる辺りが白一色になった。
雪間を透かして、藤倉の村が見えてきた。どうやら降りこめられる
まえに、山をおりられそうだ。
仙造がほっとした顔で、勝五郎に藤倉を指さした。

その顔がいきなりきっとなり、鋭く振りかえった。
巳之吉がぎょっとして、口をとめた。
頬がふくらんでいた。
やろう、豆を食ってやがった。

出直し街道

I

宮本村に足を踏み入れたときから見張られているような気がしはじめた。村人の目がよそよそしくて険しいのだ。

巡礼でも行商でもないよそ者がはいってきたのだから、うさん臭く思われるのは仕方がない。しかしふつうは敵でも見るような目まで向けてこない。それがこの村でははじめから遠巻きにして、みなで見張っている感じなのである。

孫を抱いたばあさんに出会ったから声をかけた。道を聞こうとしただけだが「ちょっとおたずねしますが……」と言っただけで手を団扇《うちわ》みたいに振って追い払われた。

気がついたらまわりの村人まで姿を消していた。ひとり、四つ辻《つじ》に取り残されていたのだ。

真夏と変わらない暑い日だった。稲はだいぶ色づいてきており、畦《あぜ》では真っ赤な曼珠沙華《まんじゅしゃげ》が咲いていた。森では朝からヒグラシが鳴いている。

どこにでもありそうな村里なのだ。

九頭竜川《くずりゅうがわ》の支流が南北にのび、それに枝葉のついた平地がひろがって、東西方向には山が連なっていた。広大な平地だが、その割に見通しはよくなかった。ところどころに島となった小山が浮かんでいるからだ。

山はそれほど高くなかったが、裾野《すその》の出入りは海岸線みたいに入り組んでいた。枝分かれした川が山間《やまあい》の奥深くまではいり込んでいるせいだ。

人家の多くは山裾にかたまっていた。宮本村で百戸くらいだろうか。同じくらいの村が、半里から一里ほどの間隔で散らばっていた。

越前丹生郡《えちぜんにうぐん》宮本村。まとまった町としては北へ四里のところに福井があり、南一里のところに越前府中またの名武生《たけふ》があった。

正面の山裾に寺の大屋根が見えていた。

いまそっちの山のなかから、木《こ》っ端《ぱ》をかついだ年寄りが出てきたところだ。雑木の束をふたつ、棒で突き刺してかついでいた。

「ちょっとおたずねします」

宇三郎《うさぶろう》はすすみ寄ると腰を低くして田代寿之助《たしろじゅのすけ》の家をたずねた。

年寄りは動じなかった。ぶしつけな目を遠慮なく宇三郎の全身に浴びせた。

「どっから来たんか」

「江戸です」

「寿之助になんの用や」

「こっちへ来る折りがありましたので、ひとことご挨拶《あいさつ》して行こうと思いまして」

こう聞かれたらこう答えようと、あらかじめ用意してきた返事のひとつだった。

七十は越していそうな年寄りだ。なにか噛《か》んでいるみたいに口許《くちもと》が動いていた。背丈は宇三郎の肩までしかなかったが、腰は曲がっていない。はだしだった。背の腰紐《こしひも》に手斧《ておの》を差していた。

「家ならその先だ」

自分も左に曲がってあごを前方へ突きだした。歩きはじめたからついて行った。

「商売はなんだ」

「湯島天神の境内《けいだい》で茶屋を開いております」

「ふーん。そんな江戸もんが寿之助にどんな用や」

「はい。田代の旦那《だんな》が江戸へお見えになったおり、短いご縁でしたが何度かご贔屓《ひいき》をいただきました。そのとき、もしこっちへくる用があったら寄れ、と言ってくだすったのです。今回上方までくる用があったものですから、帰りに寄らせてもらいました」

年寄りは目を細めてあごをあげた。

「そりゃいつのことや」

「かれこれ十年になりますか」

老人は浮かぬ顔になってうなずいた。煙《けむ》に巻いてやったのだ。公事《くじ》用《よう》で江戸に来たことがあるという話は、寿之助本人から聞いていた。

この老人はそれを知らなかった。

「へーっ。十年もまえのつき合いでたずねてきたんか」

「それが妙な話でして、あっしの女房の名がおすみってえんです。

田代の旦那の奥さまの名前がすみさま。これもなにかの縁だろうということで、できたら奥さまにもお目にかかっていこうと思いまして」

「そいつは生憎《あいにく》だったな。とんだ無駄足だったかもしれんわ。そこが屋敷跡だけどよ」

老人は鼻の先で言い、あごを右に突きだした。

田を二枚置いた向こうに畑があった。土地が一段高くなっていたから、もともとの畑ではないとわかる。茄子《なす》と大根らしいものが植わっていた。

ざっと見た感じでは四、五百坪くらいありそうだ。奥のほうに杉木《こ》立《だち》。手前にも庭木だったと思われる松の木が残っている。それきりだ。

周りには、奥へ半町ほどはいったところに百姓家が一軒あるきりだ。

畑にいた男が、手を止めてのぞきこむみたいな恰好《かっこう》でこっちを見ていた。

「これは、どうしたことですか」

あっけにとられて宇三郎はたずねた。

「どうしたって、落ちぶれた家ちゅうのはこうなるしかないわな。まして悪いことをしたとあっちゃ、村のもんだって、そういう家はなかったことにしたい」

「田代の旦那がわるいことをなさったとでも」

「ここの土地も周りの田も、みなまいないで買《こ》うたものだったのよ。悪事がばれた以上お取りあげになってもしようがなかろう。お代官は遠島になったちゅうから、本人だってつかまってりゃ島送りまちがいなかった。けど寿之助ちゅうやつも薄情もんだ。女房子どもを放り出して自分ひとり逃げよった」

「残されたご家族はどうなりました」

「この家が取りつぶされたあとも、あの杉の木の向こうに小屋を建てて、しばらく住んどったけどな。いつの間にかおらんようになった。いいときゃみんなが、旦那さま旦那さまいうて群がってくるけど、落ち目になったらあの男とはなんの係わりもありませんという顔をして、洟《はな》も引っかけんようになる。そしたら泣き泣き出て行くしかなかろう」

「すると行き先もわからんのですか」

「わかっておってもいわん。いまごろ係わりになったって、得をすることはないやろうが」

「知っていたら教えてください」

半分本音で言った。老人は意地のわるそうな顔になって鼻の先で笑った。

「知らん」

行ってしまった。

畑まで行ってみた。築山《つきやま》の跡らしいものがわずかに残っているが、あとは元のかたちをとどめないほど畑にもどされていた。小屋がけをしていたという杉林の奥はいまや藪《やぶ》だ。

畑にいた男が寄ってきた。四十くらい。足から根が生えたみたいな生粋《きっすい》の百姓だ。眉《まゆ》を寄せて宇三郎を見あげた。

「なんの用だね」

「田代の奥方をたずねてきた」

「奥方にどんな用だ」

「頼まれていた品物をとどけに来た」

百姓の顔を見つめながら言った。百姓も眉をあげて宇三郎を見つめた。

「なにをとどけにきなったよ」

「仏像」

「ぶつぞう？」

「木彫りの観音様だ。浅草の観音様と同じ、一寸八分に仕上げてある。親方の仕事がたてこんでたから、届けるのが遅くなった。礼をするが、教えてもらえんか」

「わしが預かってやろう。だれかたずねてきたら、話を聞いておくように言われているんだ。隣のよしみで、田代さんとはだれよりも親しかった」

「べつにかまわんが。残金が残っている。それをもらえるか。引き替えでないと渡せんが」

「いくらや」

「一両二分」

目が丸くなった。

「ほんならええ」

「家を教えてくれたら一分《いちぶ》やるよ」

「ほんまはどこにおるか知らんのや」

そう言うと行ってしまった。

道にもどって振りかえると、百姓も畑のふちに立ってこちらを見つめていた。ここは狐狸《こり》村か。化かし合いごっこなのだ。

さっきの辻にもどり、寺に向かった。

仁豊寺《じんぽうじ》とあり、本堂が開け放してあった。ただしだれもいない。

日陰の回廊まで行って腰をおろした。背中の荷物をおろし、握りめしを取りだして食いはじめた。けさ福井の旅籠《はたご》を早立ちしたときつくらせたものだ。これが朝めしだった。

野良着《のらぎ》に鍬《くわ》という男が、裏の墓地のほうからおりてきた。坊主頭《ぼうずあたま》である。

心持ち頭をさげた。少なくとも場所は借りている。

「白湯《さゆ》でもさしあげようか」

「和尚《おしよう》さんですか」

そうだと答えた。

大急ぎで握りめしを呑《の》みこんだ。白湯をもらって飲み、口のなかが空になってから、田代家のことをたずねた。

この寺が田代家の檀那寺《だんなでら》で、宗門人別帳《しゆうもんにんべつちよう》があることは当の田代寿之助から聞いてきた。ただし知りたいのは妻すみの行方《ゆくえ》だ。

「いかにも当寺が菩提寺《ぼだいじ》ですが、おふたりの行方とも存じません。人別帳はそのままにしてありますが」

「そのまま、とおっしゃいますと」

「人別帳から取りのぞくのは簡単です。けれどあとで生きているとわかったとき困る。帳面も汚れるということで、みないやがります。だからはっきりするまでは、そのままにしてあるということです。どこでもやっていることで、べつに珍しいことではありません。ですから人別帳のうえでは、おふたりともまだ生きておられます」

「参詣《さんけい》に出たまま帰村せず」という記載が、こういう欠落《かけ》ちものが出たときの決まり文句だとか。

「女の子がいたと聞きましたけど」

「ちよは亡《な》くなりました」

「ちよ？　女の子の名前はちよといったのですか」

びっくりしたが、和尚のほうは気がつかなかった。

「流行病《はやりやまい》でした。ほんの数日寝込んだだけで、蜉蝣《かげろう》みたいにはかなく消えて行きましたな。あのときは、同じ年ごろの子がほかにも何人か亡くなりました。奥方が村から追い立てられるまえでしたから、まだしもよかったかもしれません。五歳でした」

家が取り壊されたあとも、すみはまだ一年あそこに住みついていたという。寿之助の実家の援助があったからできたことだが、村人の冷淡さのほうがもっとつよかったということだ。

すみの実家はここから三里ほど海側寄りにある村の庄屋《しょうや》だったが、いまでは没落して一族だれも残っていない。

宇三郎は礼を言って仁豊寺を出ると、寿之助の実家がある美羽村へ向かった。

武生の手前でせかせか歩いている百姓を追い越した。

さきほどの百姓だった。百姓は宇三郎を見るとぎょっとして、あわてて顔をそむけた。気がつかなかった振りをしてやると、向こうも気がつかなかった振りをしてそそくさと行ってしまった。

2

ちよという名が出てきたときはおどろいた。

寿之助から子どもがいたという話は聞いていたが、名前までは出なかったのだ。まさかそれがちよだったとは思わなかった。

死んだおかじの、残した子の名がちよだったのである。

蓬萊屋勝五郎《ほうらいやかつごろう》のところへ寿之助がたずねてきたのは、五月はじめのことだった。

膝《ひざ》の抜けた股引《ももひき》に印半纏《しるしばんてん》一枚、これでも洗いたてを着てきたのだとあとでわかった。白髪だらけのばさばさ頭といい、どぶ色をした顔といい、はじめは六十ぐらいの年寄りかと思ったそうだ。

男は與吉《よきち》と名乗り、もとは越前丹生郡本保村の幕領陣屋で手代《てだい》の元締加判《かはん》（次席）をしていたと自分の正体を打ち明けた。

手代時代に名乗っていた名が田代寿之助。田代の姓は近くにある実家の屋号から取ったものだ。

陣屋での寿之助は四人いる手代の上から二番目。年貢《ねんぐ》諸役については陣屋一の責任者であった。

陣屋の代官はふだん江戸におり、巡察してくるのは数年に一度。また筆頭手代の元締めも江戸から赴任してきた御家人で、地元のことはなにも知らなかった。

寿之助が取りしきらないと、年貢の取り立てひとつ、速やかにすすまないのだ。つまり元締加判というのは、地元の百姓にとっては陣屋のいちばん偉い人であった。

それだけに当時の寿之助の権勢たるや大変なもの。望んでできないことはなにひとつなかった。

だいたい年貢の取り立てそのものが、四角四面にみえて、最後は手代のひと言で決められてしまうのだ。当然そこに情実もあれば匙《さじ》加減のくわわる余地もあり、百姓のすべての目は、手代の顔色に向けられるのである。

越前というところはむかしから領地が錯綜《さくそう》し、領国経営のむずかしいところとして知られていた。福井、丸岡、越前大野、勝山、鯖江《さばえ》、敦賀《つるが》と、さまざまの大名領があったうえ、幕府領まで数多く散在していた。

大名領は頻繁に入れ替えが行われ、石高もそのつど変わった。全体の差引は、領内各地にある幕府領で加減するしかないわけで、そのたびに陣屋が設けられたり廃止されたり、消長もはげしかった。

手代の果たす役割がほかの土地に比べて大きかったのである。当然、そこらの侍などおよびもつかない実入りがついて回るようになる。しかもこれはある程度黙認されたことであり、役得だとみなされていた。

陣屋で働いて手代になることは、地元の若者にとって最大の出世だったのである。

庄屋の家の次男坊にすぎなかった寿之助もそれを夢見たひとり。家督は兄が継いでいた。養子の口もめぼしいものがない。となるとあとは陣屋に望みを託すしかなかった。

親の力を借りてなんとか陣屋にもぐりこんだものの、はじめは手弁と称する一番下の見習いからはじめなければならない。何年か辛抱してその上の書役に取りたてられても、まだ無給である。家からの助けがなければとてもつとまらない職務なのだ。

それでも我慢して働きつづけられたのは、いずれ手代になったとき、それまでの苦労が吹っ飛ぶ実入りが期待できたからだ。平手代、手代、元締加判、元締めと、地位があがるにつれて実入りは増す。すべての手代、すべての元締めが、みな同じ道を歩いて昇進してきたのである。ただそれほどまでして登りつめたとしても、手代という地位そのものはきわめて危なっかしいものだった。在職中こそ公儀の役人として侍待遇を受けられるが、けっして終身を約束されたものではなかったのだ。

というのも身分としては代官に雇われているにすぎないからだった。代官が替わると、つぎの代官に雇ってもらえない限りお払い箱になってしまう。と同時に侍身分も失ってしまうのだ。

したがって手代をつとめている間に相応のものを残しておかないと、職を失ったら百姓に逆もどり、暮らし向きまで困ることになりかねない。

禄《ろく》を離れたときの手代が望むいちばんよい身の振り方というと、手代時代に貯《たくわ》えた金で御家人の株を買い、侍社会の末席に加えてもらうことだった。

似たようなことは代官についても言えた。代官そのものが、軽輩の御家人がありつける最高の職分であったが、手代同様、これまた将来を安堵《あんど》されたものではけっしてなかった。

当然在職中に、できるだけ財物《ざいもつ》を貯えようとする代官も出てくる。在任中の不正を追及され、切腹、お家断絶処分を受けた代官は少なくなかったし、腹は切らないまでも、家財没収のうえ遠島処分となった代官となるとさらに多かった。

そのときは手代も一蓮托生《いちれんたくしょう》、代官と運命をともにする。

寿之助もすすんで私腹を肥やそうとしたつもりはないが、挙げ句が同じであったことは認めざるを得なかった。手代になれなかったら望めない暮らしを手に入れていたことはまちがいなかったからだ。

だから本保陣屋の上役であった代官が職を解かれ、揚屋入りして取り調べを受けはじめたと聞いたときは愕然《がくぜん》とした。代官が問われている罪状を突きつけられたら、自分も逃れられないことは明白だったからだ。

間を置かず、今度は手代の元締めが江戸へ召喚された。元締めは四十数歳になる実直そうな、小心者の御家人だったが、本保では地元の売れっ子芸者を囲う暮らしをしていた。

度がすぎるなと、そのやり方にひそかな懸念《けねん》をおぼえていたのだ。

これまでそういう役得にありついたことがなかったため、加減というものがわからなかったのである。

元締めが江戸へ帰る直前、寿之助相手に最後にやろうとしたことは、証拠隠滅と口裏合わせだった。そのときになってはじめて、代官と元締めが結託して行っていた事柄の数々が寿之助にははじめてわかった。こうなったら、その咎《とが》がいずれわが身に降りかかってくることは疑いない。

自分も潔白とは言えなかったし、元締めのあわてふためきぶりを見ていると、かれらが寿之助に罪を押しつけて身の保全をはかろうとすることは目に見えていた。

罪を押しかぶせられるくらいなら、いっそ逃げてしまえ、と寿之助が考えはじめたのは、以前にも似たようなことがあったからだ。そのときは手代がすべての責任を押しつけられて獄門になってしまったのだ。

自分が行方をくらませてしまえば、上のふたりも隠しきれなくなって相当の処分を受けるだろう。それを見届けてからであれば、自首して裁きを受けても悔いはないと思った。

寿之助は妻のすみになにもかも打ち明け、落ちついたら呼びよせるから、それまで辛抱するようにと諭して遂電した。いまから八年まえのことである。

その後の郷里のようすについては、早い時期に一度、実家からもらった文《ふみ》である程度知っただけである。

その文で、代官と元締めが遠島処分を受けたこと、本保の陣屋が廃止され、より小さな出張陣屋となって武生近郊の菊井に残ったこと、田代寿之助はお尋ね者として手配されたことなどを知らされた。

以後は文のやりとりすらできなくなった。郷里を出てくるとき持ってきた金を盗まれてしまい、その日の暮らしにも困る身となったからだ。

生きようとすればびた一文からの金を、自分で稼がなければならなくなった。寿之助はそのときはじめて、自分がいかになにもできない人間であったかを思い知らされた。金を稼ぐ腕も、力も、甲斐性《かいしょう》も身につけていなかったのである。

「恥ずかしいことに、みんなが頭をさげてくれたのは、わたしの人間や器量に対してではなく、手代という御上《おかみ》の威を借りた地位にあったことをはじめて知りました。それくらい道理のわからない人間になっていたのです」

宇三郎が話を聞きに行ったとき、寿之助はそう言ってうなだれた。

年は三十九だというから、宇三郎より三つ上にすぎなかった。しかし勝五郎がおどろいた通り、どう見ても五十まえには見えなかった。

黒々と日焼けした顔にはあくのような脂《あぶら》が浮かび、搗《つ》き固めたみたいに分厚くなった手や足は、乾いた壁土みたいにひび割れていた。寿之助こと與吉がこれまでをどのように生きてきたか、それがなにより明瞭《めいりよう》に物語っていた。

そういう暮らしをしながらも、寿之助は必死になって金を貯《た》めていた。妻子のところへいくらかでも送ってやることが、自分のしなければならないいちばんの務めだと思っていたからだ。

だが名を偽って隠れ住んでいる人間に金を貯めることがいかにむずかしいか、やってみたらわかる。

年間の給金が二両か三両の下男下女が、年に一両貯えるのとは比べものにならないのだ。下男や下女はめしつきのうえ、お仕着せの衣類までときどきもらえる。

寿之助はすべてを一からはじめなければならなかった。

八年かかって十両という金をこしらえた。

この金をどうやって郷里へ届けるか、ということになってはたと困った。

手を尽くして人に聞いてまわった末、最後に勝五郎のところへ相談にきたというわけだ。

寿之助の申し出はこの金と一通の文とを、妻子のもとへ届けてもらえないかということだった。

大っぴらにはできることではないし、妻子の消息もわからなくなっているかもしれない。

できたらその行方まで探していただきたいということで、寿之助は金の半分を手間として差しだした。妻子へ五両、手間賃が五両である。

「おれが與吉という男から聞いた話をどう思ったかは、言わねえ。あとはおめえが本人に会い、じかに話を聞いて、引き受けるかどうかだ。その見極めは自分でしてくれ」

勝五郎はそう言って最後の下駄《げた》を宇三郎にあずけた。
宇三郎は鮫洲《さめず》の長屋へ寿之助をたずねて行き、本人に会って聞けるだけ話を聞いた。
そのうえで越前行きを引き受けた。

3

昨夜泊まった福井の旅籠《はたご》では、菊井にある出張陣屋の話を根掘り葉掘り聞いた。
それによると、本保にあったころの陣屋に比べるとかなり小さくなっているという。代官は置かず、手代がひとりいるだけ。表向きは武生の先の白崎を領地にしている金森家の預かり地ということになっているそうだ。

金森家というのはもと大名である。それがいまでは三千石の交代寄合の旗本となって白崎に領地をもらっていた。白崎から参勤交代をしているのである。

そのお隣の武生も妙なところで、ここは代々本多家の領地となっているのだが、その本多家は福井松平家の家臣にすぎないのだった。

ともかく菊井の出張陣屋の手代の名が金指《かねさし》小十郎だと聞いたときは、にわかに胸が高鳴った。なぜなら寿之助から聞いてきた名前にほかならなかったからだ。

宮本村の自宅をたずね、すみの居所がわからなかったときは美羽村にある寿之助の実家をたずねる。それでもわからなかったときはこの男に聞け、といって教えられたのが金指小十郎だったのだ。

寿之助が本保で元締加判をつとめていたとき、小十郎は見習いの書役として、下で働いていた。いわば子分のようなもの。それが順調に出世して、いまや小なりとはいえ菊井陣屋の総領になっていたということだ。

手代や代官が入れ替わっても、その下で働いている書役や手弁まで取り替えられることはまずない。つぎの代官に召し抱えられ、そのまま仕事がつづけられる。

そういうものまで首にしてしまうと、領内の事情に精通したものがいなくなって仕事ができなくなってしまうからだ。小十郎もそれで生き残れたというわけだろう。

宇三郎は武生の手前で九頭竜川の分かれである日野川を横切り、二里ほど東にある美羽村へ向かった。

こちらは南北に連なっている山をひとつ越えた向こう側にある。宮本村あたりとちがって山はやや険しく、低い峠でも千尺くらいの高さがある。

峠の上に出ると、美羽村周辺の風景が一目で見渡せた。同じような川が流れている。こちらも九頭竜川の上流のひとつの美羽川で、美羽村はそのいちばん奥にある村だった。

耕地が川の両岸にひろがり、人家が山裾《やますそ》に散らばっているところは宮本村あたりと同じだ。ただ左右の山が高い分、耕地の幅は狭くなっている。

平地へおりたときから、右手正面の山麓《さんろく》に長屋門を持つ大きな家が見えてきた。茅葺《かやぶ》きだが、塀から突きだしている屋敷林が森みたいに大きかった。

屋敷へ近づくにつれ、宇三郎の顔はくすんできた。家の荒廃していることが、遠くからでも読みとれたからだ。

庭木に手入れをされた形跡がない。後のほうを取り囲んでいる生け垣がぼやけて見えるのも、ほしいままに延びすぎてかたちがくずれてしまったからだ。

雑草が塀の下で暴れ回っていた。茂り具合からすると、少なくともことしは一度も抜かれた形跡がない。

門が開いていたからはいってみた。

庭も荒れ果てていた。多少は雑草を抜いた跡があるものの、手入れというにはほど遠い。

空き家だ。

とはいえ雨戸は開けられていた。だが障子は黄色くなり、破れ放題である。

声をあげて案内を乞《こ》うたが、返事はなかった。

無人かと思いはじめたとき、なかで人の気配がした。間もなく表玄関から人が出てきた。脇《わき》玄関からではない。

三十前後の男だった。締まりのないぼってりした上体にがに股《また》の足。裾をはだけて臑《すね》をむき出しにしていた。足下は雪駄。土足で家のなかにいたということだ。

「だれでえ」

敷石をかちかち踏み鳴らしながらやって来た。雪駄の底に打った金《かね》が鳴っているのだ。

顔が丸くて唇が厚く、目が大きかった。その目も黒目より白目のほうが多い。

「田代玄一郎さまをたずねて参ったものです」

「だからなんの用だ」

「それは田代さまにお会いしてから申しあげます」

「おれが玄一郎だ」

「おいくつですか」

「なにぃ。おれが田代玄一郎じゃ気に入らねえというのか」

「玄一郎さまは五十すぎとうかがっております」

ぐっと詰まった。拳《こぶし》をにぎり、足を横に開いた。眉《まゆ》の間をせばめてにらみつけてきた。

宇三郎はその目を冷然と見返した。こういう輩《やから》ならどこにでもいる。目の隅でなにか動いた。奥の勝手口から人が出てきたのだ。年寄りだった。こわごわこちらをのぞき見ている。

「玄一郎はいねえ」

肩から力を抜いて男は言った。

「どこへ行かれました」

「そいつをおれのほうだって知りたいのよ。貸した金を取り立てに来てるんだけどよ。家のなかは空っぽで、持って行くものすらねえときている」

「ほかの方はいないんですか」

「いねえ。みんな夜逃げをした」

「いつごろのことです」

「そうさな。もう三、四年にはなるだろう」

「すると三年も四年も取り立てに来ているんですか」

「いけねえのかよ。こっそり帰ってくることだってあるだろうが。こざかしい口をききやがって、てめえのほうこそなに用なんだ」

「金を貸してやろうと思って来ただけでさ」

男が顔色を変えた。なぶられていたとはじめてさとったのだ。拳をあげてにぎりしめると、目を三角にしてにらみつけてきた。唇を右へ左へとこねてみせた。

その目の光をことごとく撥《は》ねかえした。

老人が見えなくなっていた。

宇三郎は男に向けて、かぶっていた笠《かさ》をわずかにあげてみせた。最後の一瞥《いちべつ》だ。それから背を向けた。男からは声ひとつもどってこなかった。

外に出ると同じ道をもどった。

ふたたび山越えをすると、白崎に出て菊井の出張陣屋を訪ねた。

冠木門《かぶきもん》こそ豪壮だったが、奥に見えている建物は馬小屋くらいの大きさしかなかった。母屋《おもや》の屋根が手前に長く流れているところをみると、以前は寺だった建物を流用したのかもしれない。門番から下男まで入れても、十名そこその世帯だろう。

期待しないまま門番にたずねてみた。金指小十郎様はただいまご不在だと言われた。お帰りはおそらく夕刻になるだろう。

ご自宅はどちらでしょうと聞くと、門番はぎょろりと目を光らせ、胸の前まで手をあげて、隠すみたいに右方を指さしてみせた。顔つきからすると、同じ質問をしてくるものがときどきいるみたいだ。

教えられた通り右へ行ってみると、数町先の家並みのなかに、高い黒板塀を巡らせた家があった。屋根が黒瓦《くろがわら》。その色艶《いろつや》ひとつをとっても界隈《かいわい》一の輝きを放っている。

陣屋を出ると武生の町へ向かった。

せいぜい七、八町しか離れていない。街道の横を川が流れていた。

時刻は八つ。日射《ひざ》しのいちばんつよい時分だ。一刻《とき》ほどの間に二回も山越えをしたため、全身汗まみれだった。その汗がいっこう引かない。からだが火照《ほて》っているのだ。

川が街道から離れ、目隠しになる木立があったから、川原へおりていった。冷たい水で手足を洗い、さっぱりしようと思ったからだが、水に手を浸したら気が変わった。本気で水浴びをし、心ゆくまでからだを冷やすことにした。

ついでに着ているものまで洗った。しぼって着ると、たちまち乾きはじめた。

道にもどって行きはじめたときだ。

後のほうから「もうし……もうし……」という声が聞こえてきた。

振り向くと小さな人影が手を振りながら走ってくる。

ほかにも歩いている人間がいるし、心当たりがある方角でもない。自分のことではないと思い、そのまま行きはじめた。

「もうし……おたの申します……そこの、旅のお方……」

という声になったから足を止めた。

老人が懸命になって駆け寄ってくるところだ。ずっと走ってきたらしく、いまでは足取りが乱れてよたよたしていた。顔をゆがめているのが遠目でもわかる。

はじめて見る顔ではないと、ようやく気がついた。先ほど田代の家をたずねたとき、奥のほうからのぞいた顔だったのだ。

宇三郎が足を止めたので、安心したらしい。老人は走るのをやめ、歩きはじめた。精一杯愛想を振りまこうとしているのだが、顔は苦しそうだ。全身汗まみれになっていた。

「あっしにご用ですか」

宇三郎から声をかけた。

「そうでございます。ようやく追いつきました。おたくさま、山越しの道へ向かって行かれましたので、こっちのほうが早いと思って追ってきたんですが、なんとも足が速《はよ》うて、速うて……」

後の山と、さらに右手後方とを指さした。後の山がさっき峠越えしてきた道だ。

「ほかにも道があるということですか」

「はい。ちょっと遠回りになりますけど、あの山の向こう側を回る道があります。あっちは坂がありませんので、いまではみんなあっちを使《つこ》うております」

そいつは知らなかった。とはいえ知らない土地ではありがちのこと。そういえばあまり使われていない山道だった。さっきは考えごとをしていたから、そこまで思いいたらなかったのだ。

道の脇の木陰にはいり、老人の呼吸がもどるのを待った。

老人は亀吉《かめきち》といった。年は六十すぎだろう。田代家に四十数年仕えてきたという。

宇三郎としては、てっきりなにか知らせるために追ってきたのだろうと思った。ところがこれは亀吉のほうも同じだった。ふたりが相手に望んでいたことは、つき合わせてみたらまったくちがっていたのだ。

玄一郎一家が村を出て行って三年になるが、この間家をたずねてきたものはひとりもいないという。それで亀吉は、玄一郎が内密の用件で使いを寄越したとばかり思いこんだらしいのだ。

「そいつは申し訳ないが、まったくの的外れでしたな。あっしがたずねてきたのは、寿之助さんに用があったからなんです。宮本村に行ったけどわからなかったので、美羽村で聞けばわかるかと思っただけでして」

と答えると、無惨《むざん》なくらい意気消沈してしまった。追ってきただけで精力を使い果たしたのに、むだだったとわかって口をきく気力までなくしてしまった。

その口を開かせ、なんとかつぎのようなことを聞き出した。

寿之助が逃亡してからの田代家は艱難《かんなん》と辛苦の連続、あらゆる災厄が降りかかってきた。寿之助がしたこと、しなかったことの償いをさせられたばかりか、これを機に田代家に取って代わろうとする力が陰に陽に攻めかかってきた。

田代家がそれでも五年間持ちこたえたのは、庄屋《しょうや》として二百年つづいてきた功績と名声があったからだ。

だがそれも、玄一郎の父親信三郎が生きていたからこそだった。その信三郎が死んで玄一郎の代になると、外堀は埋まったとばかり反対勢力の攻撃はいっそうはげしくなった。そしてとうとう庄屋をはじめ講元、村役人すべての役務を奪い取られ、一家は村から出て行かざるを得なくなった。

玄一郎はそれを歯がみして口惜《くや》しがった。このまま引きさがったのでは先祖に申し訳ない。将来必ず村に帰ってきて、田代家を再興してみせると、亀吉に誓って出て行ったという。

亀吉はそれを信じてずっと待っていた。そこへ宇三郎が現れたものだから、てっきり玄一郎の使いだとばかり思いこんでしまったのだ。

あのとき家のなかからあらわれたのは、惣八《そうはち》という土地のやくざものだという。文吉という岡っ引きの手下で、田代一家を追い出した側の一員だ。いまでもときどき見回りに来ては、嫌味のひとつも言って行くのだとか。

「三年もまえに村から追い出した庄屋の家へ、どうしていまだに現れなきゃならんのです」

「恐れているからですよ。村にはいまでも、田代家が庄屋をなさっていた時代を懐《なつ》かしんでいるものがいっぱいおります。いまの中城屋より、田代家の時代のほうがなんぼよかったか、陰ではみんな不平をこぼしてます。それがあの連中、うす気味悪くってしょうがないんです。旦那《だんな》さまが帰ってきたら、まちがいなくひっくり返されてしまいますから」

「あの連中とは、どういう連中ですか」

「決まってるでしょうが。金指小十郎の一味ですよ。あの男は寿之助さんに引き立てていただいてあそこまでしてもろうたのに、その恩を仇《あだ》で返した人非人です。生まれながらの悪党です。元はといえば荒川村の、いちばん貧しい水呑《みずの》みの出だったんですよ。寿之助さんから陣屋に引き立てていただいたときは、地べたに頭をこすりつけて泣いてよろこんだのを、わたしらみんな見ております。それが増長するにもほどがあって、自分が寿之助さんに取って代ろうとした。御上にあることないこと訴人《そにん》して、代官さまをはじめ、みんなを陥《おとしい》れたのはあいつです。全部あの男の仕業なんです」

話しているうちにも高ぶってきたか、亀吉は唇をふるわせ、手まで口惜しそうにぶるぶるさせた。

「金指小十郎が寿之助を陥れたという証《あか》しはあるんですか」

「あの連中ののさばり方を見たら、これほどはっきりした証しはないじゃありませんか。そりゃ帳面や文書《もんじょ》にして残しておくようなことではございませんよ。なにも残してないということが、なによりの証しなんです。まえのお代官さまや元締めさま、それに寿之助さんが、みんなから慕われ、感謝されていたことはいっぱいあります。それがいまでは、なんにも言われなくなった。小十郎一味が全部消してしもうたからです。それだけでも、あいつらがいかにあくどいか、わかろうというものじゃないですか」

宇三郎はあごを引き、目を細めて亀吉を見やった。口からつばきを飛ばし、亀吉がむきになってしゃべればしゃべるほど、宇三郎のほうは引けてくる。

ほつれ放題の髪、うすい耳、しみだらけの顔、爪《つめ》の割れた手、なによりも鼠《ねずみ》のような小さな目。すべてが亀吉のいまの身の上を示していた。この老人はそれを他人のせいにすること、思いこむこと、念ずること、呪《のろ》うことで、やっと自分を支えているのだ。

宇三郎が黙ってしまったのを見て、亀吉は念を押してきた。

「おわかりになりましたか」

「あっしはよそからきた人間です。地元のことはなにも知りません。だれかの話を信じようとすれば、そう信じられる証しがなきゃなりません。疑うわけではありませんが、おたくの話がほんとうかどうか、あっしには見極める手だてがないんです」

と答えると、不満だったらしい。うらめしそうな顔をして見あげ、ほおをふくらませてしばらく黙りこくっていた。

「よろしい。わかりました。そこまでおっしゃるんでしたら、確かな証しとやらをお目にかけましょう」

と言ったときの顔はこれまでとちがって引き締まっていた。なにがしかの決意を浮かべ、あたらしい汗が吹きだしていた。

「ご案内します。ついて来てください」

と言うと、先に立って歩きはじめた。あたらしい力がみなぎってきたか、足も早くなった。

「それで、あらためてお聞きしますが、旦那は寿之助さまをどういうご用でたずねていらしたのですか」

亀吉はよそよそしい声で言った。

「そいつは明かせないんだ。ただし、少なくとも小十郎とやらの味方ではない」

「そうでしょうとも。寿之助さまだってほんとにいい方だったんです。みんなから慕われておりました。あの方にたったひとつ責められることがあるとしたら、あの小十郎の本性を見抜けなかったことです。なにが金指です。なにが小十郎です。名前のつけ方ひとつ見てもわかるでしょうが。あいつの本名はただの小吉なんですよ」

道は武生の町に向かわず、途中から逸《そ》れて右手前方の山のほうに向かいはじめた。とはいえだだっ広い平野のただなか。小さな村が散らばっているから、似たような道が、いくつも枝分かれして延びているだけだ。

道を行く人が増えはじめた。

「ああ、そうでした。きょうは興覚《こうかく》寺の観音様の縁日でした」

亀吉が言った。街道から奥へ半町ほど行ったところに寺の門が見えていた。参詣人《さんけいにん》が門内に吸いこまれたり吐きだされたりしている。道沿いには茶店や食いもの屋が並び、赤い前掛けと襷《たすき》をした客引きが通りまで出て声をはりあげていた。

団子屋の店先で宇三郎は足を止めた。

「亀吉さん。かまわなきゃ一服して行かないか。きょうはまだ昼めしを食ってないんだ」

よしずを立てかけた店のなかへはいった。茶と団子を注文する。みたらし団子が一皿で三串《くし》。江戸に比べるとはるかに大きな団子だ。

「まだ、だいぶかかるかね」

食いながら聞いた。

「いえ、あと十町とありません。この先で右へ曲がって、突き当たったところです」

「村の名前は」

「村じゃありません。渋沢という部落になります。武生の外れにな りますけど、地元では旦那衆の隠居する里として知られております」

だったらあわてることはない。もう一皿団子を注文し、亀吉にもど うだとすすめた。ありがとうございます、せっかくですから女房に持 って帰ってやります、と亀吉は答え、店に頼んで持ち帰り用の経木に 包ませた。

縁日とはいえ、田舎だから人出はたかがしれていた。押すな押すな の人波にはほど遠く、人の動きものんびりしていれば、顔つきまでお だやかなものだ。

山門から出てきた男が、ぶらりぶらりとこっちへ歩いてくる姿が目に止まった。供をひとり連れていた。

男は左右の店へ目を配ったり声をかけたりして、道の真ん中をゆったり歩いてきた。声がかかったり店の前まで出て会釈《えしやく》したりするものがいると、鷹揚《おうよう》にうなずいてみせた。その間にもお供の若造が、右へ左へとこぜわしく走り回った。先触れをしているのだ。

男の年は四十をすぎたくらいだろうか。ひたいが光っているところを見ると、月代《さかやき》を当たったばかりらしい。羽織に白い鼻緒の雪駄《せった》、顔さえ見なかったら裕福な商家の旦那というところだ。

だが色は黒すぎたし、目鼻や口もかたちがはっきりしすぎていた。並び方がよくないのだ。浮かべている笑みと目つきも自然なものとはいいがたかった。

男は街道まで出てくると武生のほうへ向きを変え、団子屋の前を通った。

よしずの陰にいたから宇三郎の姿は見えなかっただろう。代わって先走りの若造が店先へ飛びこんできて、さっとなかを見回した。

宇三郎をちらと見たものの、それだけのこと。宇三郎も知らん振りをした。

若造は出て行き、ふたりとも見えなくなった。

気がつくと亀吉がいなくなっていた。後の床机《しょうぎ》で団子を食っていたはずなのだ。

はばかりでも借りているのかと思ってしばらく待っていた。だがその後も帰ってくるようすがない。

親父《おやじ》におれの連れはどうしたと聞くと、けげんそうにかぶりを振った。気がつかなかったというのだ。土産の団子はとっくに渡しました。

小半刻《こはんとき》待ってみた。しかし亀吉はもどってこなかった。

勘定をすませて外へ出ると、店の前に立った。亀吉が指さした方角と、ふたりがやって来た道とを交互に見比べた。

とりあえず引き返した。

ものの一町と行かなかった。家並みが切れたところで、足が止まった。

左手にあったお宮の境内から、男がひとり出てきた。

こちらに向かってきたら、いやでも顔をつき合わせていた。だが男は反対側の、武生方向へ去って行った。

だいぶ遠かったけど顔ははっきりわかった。文吉の手下、惣八にほかならなかった。

4

ははかりに行って部屋へもどろうとしたときだ。表のほうで金《かね》を打つみたいな音がした。

ぴんときた。

とっさに腰をかがめ、階段の後から表のほうをのぞいた。

そろそろ五つという時分だ。どこかで三味線の音がしているものの、旅籠《はたご》のざわめきは消えていた。宇三郎もこれから寝ようとしていたところだ。

宿の小僧が大戸を閉めようとしていた。

そこへ男どもがはいってきた。ひとりが小僧になにか見せ、主人を呼べと声を殺して命令した。

宇三郎はすぐさま廊下を引き返し、奥の階段を使って二階へあがった。土間が見おろせるところまできて、下をうかがった。

はいってきた男は三人。「御用改め」という声が聞こえた。暗くて顔まではわからなかったが、惣八が混じっていることはまちがいない。雪駄に張ってある金の鳴る音がしたからだ。

宇三郎はそのまま自分の部屋へとって返し、荷物を持ち出すとまた奥の階段から下へおりた。

三人が正面の階段をあがって行くところだった。亭主が先に立って案内している。いちばん後からあがって行ったのが文吉だろう。昼間、興覚寺の門前で見かけた男にまちがいなかった。

宇三郎ははだしで土間へおりた。残っていた小僧が気づいて目を丸くした。

しっ、と唇に指をあてて黙らせた。奥へはいれと手で示すと、小僧は心得顔ですぐ消えた。あとで逃がしたと難癖をつけられないよう、土間にいなかったことにすればいいのだ。

表の軒先に干してあった草鞋《わらじ》のなかから手ごろなものを選び、そいつを手にして暗闇《くらやみ》のなかへ消えた。

二町ほど行ってから腰をおろし、草鞋をはきはじめた。

宿のほうで大声があがった。あわてて外へ飛びだしてきた。月があったとはいえ夜は夜。一町も離れたらなにも見分けられなくなる。草鞋をはくと歩きはじめた。

今夜のねぐらを失ってしまったが、払った銭が惜しくなるほどの宿ではなかった。めしは食ったし、なくしたものはない。野宿なら慣れている。

ただしそのあとがよくなかった。借りようとした軒先も、探し当てたお堂やお宮も、蚊が多くてとても眠れたものではなかったのだ。

最後は呪いの声をあげながら町から出て行った。そこらじゅう歩き回り、やっとましなところを見つけた。

川の中州だ。

一雨くれば呑みこまれてしまいそうな中州だったが、それだけ蚊は少なかった。空を慎重に見きわめ、今夜は雨の心配もないと判断した。山のほうで降って、いきなり水が増えてくる恐れもまずないだろう。

笠《かさ》を枕《まくら》に、道中差しを抱いて目を閉じた。何度か目はさましたがそのつど寝直した。

夜がほぼ明けたところで起きあがり、顔を洗って眠気を振りはらった。歩いて対岸へ渡ると、きのうの門前町へもどった。

団子屋をはじめ、まだどこも店を開けていなかった。縁日の翌日だから、ふだんより遅いのかもしれない。

あきらめて、先へ向かった。

二股《ふたまた》の道があって、左の道が福井のほうへ向かう。

右の道は田のなかの一本道。突き当たりの山裾《やますそ》まで、木はおろか小屋のひとつも建っていない。

すすむほどに渋沢という部落が見えてきた。山が引っ込んで入り江みたいにくぼんだ地形となっている。手前のほうにせり出した山がいわば岬。冬の風をさえぎってくれる高さがあり、入り江そのものは南に面していた。

前を小川が流れていた。山を背負い、南面して、前が川。見立てでいえばいちばんめでたい地形だ。おまけに山裾は松林。大げさにいえば山水画みたいなところである。

亀吉は旦那《だんな》衆が隠居する里と言った。そのせいか大きな家が並んでいた。塀を巡らし、意匠を凝らした家が多い。かぞえてみると、そういう家が七軒あった。

ほかに十軒ばかりの百姓家が、入り江の外側の、方角としては西向きのところにかたまっていた。

駕籠《かご》が一挺《ちょう》やって来るのが見えた。渋沢から出てきたとしか思えない駕籠だ。

田舎の大庄屋《しょうや》あたりになると、自宅に駕籠を備えていることは珍しくない。だがそのときやってきたのは町の辻《つじ》駕籠だった。息杖《いきづえ》を持っているし、駕籠かきは鉢巻きをしめたふんどし姿。迎えに行った客を運んでいる恰好《かっこう》だ。

ほどなく駕籠とすれちがった。茣蓙《ござ》のおおいが掛けられていたため、乗っている人間はわからなかった。

後で声がした。振りかえると、駕籠が止まっていた。おろした駕籠が道で斜めになっていた。おおいがすこし持ちあげられ、乗っていた人間が宇三郎のほうを見ている。宇三郎のほうからは相手が男だということしかわからない。

駕籠屋が返事をしてまたかつぎあげた。駕籠は動きはじめ、武生のほうへ去って行った。

渋沢へ近づいた。七軒の家の大きさや構えが見えはじめた。石垣の上にそびえている城館のような家、築地塀《ついじべい》で囲まれた寺院風の建物、数寄屋《すきや》風、書院風、ひとつとして同じものがなかった。旦那衆が金にあかせて贅《ぜい》を競ったといわんばかりだ。

渋沢の入口のところに辻堂があった。松の木が数本、道祖神まで立っている。そこに足を止めてしばらく見渡していた。

人の動きや出入りがまったくなかった。どの家も静まり返り、朝餉《あさげ》の煙ひとつあがっていない。朝早くからあくせくしなくとも、食うには困らない家ということか。百姓ではないから、朝が遅いのである。

あきらめた。自分がどの家に用があるのか、待っていてもわかるとは思えないからだ。

宇三郎は渋沢を離れると、山裾の細道を拾って南へ向かいはじめた。周囲に人目がないときは、早足で歩く。一日二十里くらいなら、四日や五日は歩き通せる足を持っていた。この一年商売替えをして飛脚はやめていたが、行商をやっていたから似たようなものだった。足くらいしか自慢できるものがないのである。

小半刻後、きのう美羽村へ行くとき登った峠の下を通りすぎた。ここらの山は、広い目で見れば島が平地に浮かんでいるようなものだから、遠回りすれば山越えしなくとも目当てのところへ行けるのだろう。ところがその山がいっこうに途切れなかった。いつまでつづくのか心配になりはじめたとき、いきなり小道が山のなかへもぐり込みはじめた。つながっていたと思った山が、引きちぎったみたいに離れていた。

切りたった崖《がけ》に挟まれた裂け目みたいなところだった。しばらくは崖と空しか見えなかった。下は砂利。どうやら大昔の川の跡ではないかと思われた。流れが変わって水がなくなってしまったのだ。

前方が明るくなってきたかと思うと、正面から日が照りつけてきた。

赤茶けた崖の色が緑に変わり、さらに黄色がかった田の風景へと変わってきた。

現れたのは一面の稲田だった。向かい側へ出たのだ。

美羽村の奥まったあたりではないかと思われた。流れの痩《や》せ細った川が、山間《やまあい》を縫って奥へ奥へとはいりこんでいる。美羽川のつくりだした平地が、この先で終わっているのだった。

田のなかの道を北のほうへもどりはじめた。はじめて見る風景がしばらくつづいた。

反対側から近づいているからだろう。きのうとは眺めがちがう。田代家までまだ十町以上あった。

山越えの道に比べたら、半里以上遠回りになることはまちがいなかった。荷物があるときならともかく、急いでいるときはどっちを選ぶか悩むところだ。

田代家に後から近づいた。敷地の西側になる。敷地を取り囲む土塀が西と北は生け垣になっている。北の真ん中あたりに裏口の木戸が設けてあった。

裏門の外は畑になっていて、畑一枚離れたところに奉公人のものと思われる家が建っていた。山からおりてきた水路が横を流れている。

家から人が出てきた。

桶《おけ》を手にした女だった。水を汲《く》みに出てきたらしい。腰の曲がりかけた、六十年配のばあさんだった。

女は水路の水を汲み、天秤棒《てんびんぼう》でかつごうとして宇三郎に気がついた。

あわてて立ったが、そのとき顔に浮かべていたのは、まぎれもない恐怖の色だった。
「怪しいものじゃございません。きのうお屋敷へうかがったものです」
頭をさげて言った。女は短い着物の裾が開いていたのを恥じるみたいに手で合わせた。
家のなかからうなり声が聞こえた。人間のうめき声だ。
宇三郎はなかへはいった。
目が慣れるまでちょっとかかった。
莫蓙敷きの部屋で男が臥《ふ》せっていた。目が宇三郎を見あげている。
喉《のど》を苦しそうに鳴らしていた。
顔が腫《は》れあがっていた。思うさま殴られたのだ。唇がふくれ、鼻はつぶれ、血がそこらにこびりついていた。左の目にはそれとわかる黒あざ。

「惣八の仕業だな」

亀吉は答えなかった。目をしばたきながら、口許《くちもと》をふるわせている。しかもいまではその目さえ伏せようとしていた。

「あのとき寺の山門から、目明かしが現れたから逃げだしたんだろう。あれが文吉だったんだ。文吉からは逃げられたが、そのあと惣八につかまったというわけだ。ゆうべあいつらはあっしが泊まっていた旅籠《はたご》へ現れた。難癖をつけてしょっぴく腹だとみたから、こっちのほうで避けて逃げた。おかげで野宿をする羽目になったが、そんなことはどうだっていい。あっしに告げ口をしようとしたから、惣八に殴られたんだな」

亀吉は横になったままかぶりを振ってみせた。顔が光っていた。涙を流しているのだった。

手前が板の間になっているのですこし遠かった。かといって草鞋ばきだから土足であがるわけにもいかない。声を大きくするしかなかった。

「教えてくれ。きのうはどこへ連れて行こうとしていたんだ」

「堪忍してくださいまし」

蚊の鳴くような声が言った。胸の前で手を合わせていた。

「どうかこれ以上は堪忍してくださいまし」

「これ以上迷惑はかけねえ。ひとことしゃべってくれたら引きあげる」

「どうかお許しを」

「ひとりごとでいいんだ。そこでつぶやいてくれ」

「お慈悲ですから、見逃してくだせえ。あなたは用が終わったらお帰りになります。手前どもはなにかがいやだからといって、逃げだすわけにいかないんです。これからもここで暮らさなきゃなりません。わたしだけじゃありません。女房もおります。どうかなにも聞かなかったことにして、お帰りください」

「いま渋沢に寄ってきたんだ。七軒あるうちの、どの家なんだ」

「そこまでおわかりになったんなら、いまさら手前がことばをたすことはねえでしょう。お願いですから、これ以上は聞かずに帰ってくださいまし」

泣くような声が、本物の泣き声に変わった。手を動かすこともままならないようだ。顔をおおうことすらせず、亀吉は手放しで泣いていた。

ため息をつくと、宇三郎は天井を見あげた。

分相応に生きてきた小作人なのだ。きのうは調子に乗って枠の外へ足を踏みだそうとしたということか。

なにも言わずに外へ出た。

女が外でうなだれていた。

「迷惑をかけたな」

女はこくんとうなずいた。

「きのうはお団子をありがとうございました」

「なに、すると、家まで持って帰ったのか」

「はい。踏んづけられたとかでぺしゃんこになっておりましたけど、いただきました」

宇三郎は巾着《きんちゃく》を取りだし、小粒をひとつ握らせた。

行きかけてから、田代の家を指さした。

「ちょっとなかを見せてもらっていいか」

うなずいたので裏の木戸からなかへはいった。

きょうは雨戸が閉まっていた。暗くてなにも見えない。

「どうしてこの家が残ってるんだ」

「この家はお嬢さまの持ち物になっているんです。玄一郎さまのお姉さまになります。いまは加賀のほうにいらっしゃいます」

亡《な》くなった先代は、おしまいのころは田代家が寄ってたかって潰《つぶ》されることを覚悟していたという。そのときいくらかなりと身代を残しておこうとしたのだろう。財産を三人の子どもに分けた。この家はそのとき、大野から出戻っていた上の娘のはなえに譲ったのだとか。

井戸の傍らに古い柿《かき》の木があった。しだれ柿かと思うほど垂れさがった枝に、おびただしい数の実がついていた。それが色づきはじめていた。

振りかえると、女がうなずいた。ひとつもいでかじってみた。いくらか渋味は残っていたが甘柿だ。三つもらって懐《ふところ》へ入れ、礼を言うと、表門から田代家を出た。

いまきた道を通って武生に向かった。

駕籠屋をたずねて行った。

探し当ててみると、目当ての駕籠屋ではなかった。人相風体《ふうてい》はもちろん、駕籠までちがった。

「ああ、だったらそいつは、白崎の駕籠庄でしょう。うちなんかにゃお呼びのかからないお客さんですね」

「渋沢のどこから呼ばれたか、わかるか」

「知りません。あそこ、むかしゃ旦那衆しか住んどらんところでしたけどね。いまじゃこれが多いみたいで」

と駕籠屋は小指を出してみせた。

5

昼前に興覚寺の門前を通り抜けたから、団子屋に寄ってめしを食わせてもらった。

「うちは団子屋ですけど」

「団子も食うから、めしを食わせてくれよ。残りものでいいんだ」

冷やめしを茶づけにしてもらい、残らず腹へ詰めこんだ。このつぎはいつ食えるかしれたものではないからだ。

きのうとうって変わり、興覚寺の人出は少なかった。団子屋の客もきょうは宇三郎がはじめてだという。

「ひとつ教えてもらいたいんだ。渋沢にはどういう人間が住んでる」

「どういうって、ふつうの人じゃないですか。あそこはもともと井筒屋さんという福井の呉服屋さんが、離れとしての寮を建てたのがはじまりだったんです。風光明媚《めいび》で風水にかなうってんで評判になり、一時は地元の旦那衆が競って隠居所を建てたもんです。いまはほとんど代が替わりましたから、それほどでもないみたいですが」

「女を囲ってる旦那衆がいると聞いたんだけど」

「そりゃいるでしょう。名前ですか？　そんなの、知りませんが。だいたいうちなんかに立ち寄ってくれる人たちじゃありませんから」

駕籠《かご》に乗って通る男の顔など見たこともないという。

店で草鞋《わらじ》を取り替え、足ごしらえをし直してから渋沢へ向かった。

けさたずねたときと、寸分変わらない姿で渋沢は静まり返っていた。

途中の道も人通りはきわめて少ない。このときも行商の帰りらしい空荷の男に出会ったきりだ。

ただはじめのうち、辻堂《つじどう》のところに人影がちらついたように思った。それが近づいたときはすっかり消えていた。静けさにつくりものめいたわざとらしさがあったのだ。

辻堂からまっすぐ行った渋沢の取っつきにお宮がひとつあった。お屋敷村と百姓部落との境目になっていて、木の生え方までがそこを境にちがっていた。

すなわち左側のお屋敷村は松林、右側の百姓村は雑木林だ。もっとも松林は山裾《やますそ》だけで、上は雑木林になっている。

松林のなかに散らばっている七軒の家を手前から順繰りに見ていっ

た。

造りも構えもそれぞれだが、建てた時期にもだいぶ差があるようだ。古いものだと百年近くたっているかもしれない。庭木がそれぞれだけ大きくなっているのだ。

左から三番目の家に目を引きつけられた。石垣の上に竹垣と生け垣を巡らした数寄屋《すきや》風の家である。それほど大きくはなかったが、いちばん垢《あか》抜けていて、いちばん新しかった。建ててまだ十年とたっていないだろう。

ざっと一廻りすると、正面のお宮に向かった。

石段の下についた。上までかれこれ百段くらいある。かなりの急坂で、幅もせまかった。

静まり返っていた。

蟬《せみ》まで鳴きやんでいるのだ。

宇三郎は薄笑いを浮かべた。それから石段を登りはじめた。

真ん中あたりまで来たとき、石段の上に人が現れた。興覚寺の門前で文吉の露払いをつとめていた若造だ。

それから今度は石段の下で物音。振りかえりもしない。隠れていたやつが現れたまでのことだ。

脇《わき》に灯籠《とうろう》があって、そこから山のなかにはいって行ける。

道中差しを鞘《さや》ごと引き抜くと、右手に持ち替えた。誘われているのを承知ではいって行った。

松の木の横を通りぬけた。

なんともわかりやすい男だ。ここでも雪駄《せった》の音がした。

気配を感じた瞬間、身をひねりざまからだを反転させて刀を叩《たた》きつけた。

十手《じって》が目の前でひらめいた。宇三郎の刀が惣八の頭をとらえた。

外れたのだ。ほんとうは首筋を狙《ねら》った。

飛びこんでくるのを右へ外しざま、もう一回叩きつけた。今度は首筋へもろに当たった。

倒れるのが見えたが、そのときは後の男の息が首筋に感じられるほど迫っていた。前から駆けおりてきたやつは地を蹴《け》った。もうひとり、左からも新手。

前と左の男との隙間《すきま》に飛びこんだ。沈めたからだを突き放すなり渾《こん》身《しん》の力をこめてしゃにむに駆けのぼった。三つの力がひとつになろうとした瞬間の隙間をすり抜けたのだ。

追ってきた。

振りかえる余裕はなかったが、三つの息を背中でとらえている感覚にはいささかのほころびもない。自分と向こうの位置を冷静に見きわめ、あとはその差を保ちつづけた。

後の呼吸が乱れてきた。罵声《ばせい》をあげはじめた。ようやく力を抜き、足をゆるめた。あとは三人があきらめない程度に追われることだ。

本来なら岡っ引きや地回り相手に、このような立ち回りなどやらない。むしけら同然とはいえ相手はお上《かみ》の威を借りている。ことを構えて得をすることはないからだ。

だが今回はそれを承知で飛びこんでしまった。惣八の首筋に刀を叩きこんだのも、けさ見た亀吉の姿が目に焼きついていたからだ。あと一歩で捕まえられると、三人は本気で思っていたようだ。あきらめず追ってきた。だがその差はいつまでたっても縮まらなかった。いちばん太っていた男から遅れはじめた。

「逃がすんじゃねえぞ」

と叫んだ声は五、六間も下から聞こえた。宇三郎ははじめて後を振りかえった。

ふたりは一間《いっけん》ほど下にいた。もうすこしで首筋に手がかかると思っているから、息も絶え絶えになりながら必死の形相で追ってくる。ふたりとも若いのだ。

下の男はとうとう追うのをやめた。「右へ回れ。先回りするんだ」怒声をはりあげている。先回りする足があればとっくにしている。上へ逃げたので松林は間もなく終わりだ。そのとき踏み固めた跡があるのを見つけた。上の雑木林のなかへ延びている。道がついているのだ。

そのなかへ分け入った。

後のふたりの息がつづかなくなり、遅れはじめた。宇三郎は足を速め、一気に駆けのぼった。その先が頂上だとわかったからだ。

山の尾根筋へ出た。道がここからくだっている。

見晴らしはよくなかったが、美羽川とその周りの平地が見えた。美羽川でもだいぶ下流になるだろう。さらにくだると九頭竜川となり、耕地は福井平野となって、越前松平家の城下町福井へと通じる。

追ってきたふたりが近づいてきたので、身を隠した。

「おれはもうだめだ。これ以上走ったら死ぬ」

「頂上へ出たぞ。あとすこしだ。だが見失った。やろう、いなくなりやがった」

「もうええわ。これ以上追うのはやめようぜ。そこで休んで、やつは逃げたことにして、引き返そう」

それきりことばがなくなった。息を整えるのに精一杯なのだ。荒い呼吸がしばらく聞こえていた。

宇三郎は繁《しげ》みを伝って先に引き返した。

刀を調べた。気のせいでなくゆがみがはいっていた。抜いてみると、抜けはしたががさがさと音をたてた。

棒として振りまわすためにつくられた脇差だ。峰のところに鉄棒が仕込んである。

振りまわしたのはこれが三度目。いずれも身を守るためだった。抜き身ではないから振りかぶられたほうも油断する。腕で振りはらおうとして骨の折れたばかなやつだっているのだ。

さっきのふたりが姿を見せた。取り逃がして残念、といった足どりでおりて行く。その後からついて行き、もっと下の、見晴らしがきくところへ身を移した。

七軒の家をくまなく見渡すことができた。数寄屋風の家が真下にある。庭がちょっとした回遊式庭園になっている。

ふたりは途中で分かれたか、ひとりは見えなくなっていた。

もうひとりが家の間から見え隠れしはじめた。下までおりて、表の道をもどって行く。

しばらくすると、辻堂に姿を現した。堂の扉を開けてなかに消えた。

長いこと出てこなかった。出てくると、渋沢のほうへ引き返してきた。建物の陰に消えてからは、以後見えなくなった。

だれも動かなくなった。

当てが外れた。待ち伏せしているかもしれないことは、最初からある程度想像していた。だがどこかに隠れて、宇三郎が現れるのを待ち受けようとは思わなかった。

待ち伏せするにしても、女の家に隠れるだろうと考えていたのだ。

それが、ばらばらだ。女の家がどこなのか、いまだにわからないのだった。

6

我慢比べになった。

とにかくぎりぎりと思われるところまでおりて行ったが、それも高さにして百尺くらいまでだった。足下のどこかでしわぶきのような音がしたから、それ以上は出て行けなくなったのだ。

真夏がぶりかえしたみたいな暑い午後になった。お天道《てんとう》さまは林のなかをくまなく照らして通りすぎ、宮本村の上辺りの山のなかへ落ちて行った。

雲があかね色に染まりはじめ、子どものほっぺたみたいな明るい夕焼けになった。夕餉《ゆうげ》の煙があがりはじめた。

武生からの道を、三人の人影がやって来たのは間もなくのことだ。足の出方から、ひとりは文吉だとわかった。あとのふたりは手下だろう。なかのひとりは、さっき襲ってきた三人のうちのひとりだろう。宇三郎を追ってきたものの、いちばん先に息が切れた太っちょだ。

三人は辻堂に着いた。すると堂の扉が開いて男が出てきた。惣八だった。動きがにぶかった。堂内で横になっていたのかもしれない。文吉が首に触ったら声をあげてのけぞった。

そのあとお宮の石段にひとり現れた。宇三郎のすぐ下に隠れていた男だ。文吉がきたのでそこへ行こうとしたのだ。あとのひとりも、右のほうから出てきた。

全員が辻堂へ集まった。文吉と手下が五名。惣八は使いものにならないみたいだ。骨がどうかなってしまうほどの当たりではなかったが、首がもとにもどるまでひと月やふた月はかかるだろう。

文吉があらたな指図をした。手であっちこっちを示し、みなの顔がこっちを向いているところをみると、持ち場が決められているものと思われた。

我慢比べがまだつづくらしい。そう思うとげんなりしてきた。猛烈に腹が空《す》いてきたのだ。

惣八が堂のなかにもどって扉を閉めた。そこから見張るということか。文吉は辻堂を出て、こっちへ向かってきはじめた。四人がその後へぞろぞろとつづいた。

文吉がどこかへ向かった、と気づいた途端、宇三郎は隠れていたところを飛びだした。辻堂から見えないくぼんだ地形を拾いながら一気に下まで駆けおりた。

目当ては数寄屋造りの家。顔の見分けはもちろん、ことばが聞き取れるところまで近寄ろうとしたのだ。

家の多くはなだらかな松林の地形を生かして建てられていた。しかし数寄屋造りの家をふくむ数軒は、あとから建てられたせいかやや奥まったところにあり、敷地の一部は山を削り取ってつくりだされていた。そういう家の後はちょっとした急坂になっている。

家と家との間は二間くらい。路地になっていて、それぞれ裏口の木戸が設けられていた。路地に大小こそあれ、ほとんどの家が同じような地割りになっているのだ。

急坂の下には雑草が生い茂っていた。そのなかにもぐりこめば木戸まで十間ぐらいしかなくなる。

できたらあの茂みにもぐりこめないものか。上から見ていたときからずっと思っていたのだ。

岡っ引きが大家《たいけ》の表口へはいって行くことはまずない。裏口へ回ると気づいた途端、からだがひとりでに動きだしていた。

間に合った。文吉がやってくるより先に路地へ着いたのだ。

草のなかにもぐりこんで待ちはじめた。

手下どもは山の持ち場へもどった。もぐりこんだ崖《がけ》のすぐ上だ。

それはいいが、茂みのなかで夜を待っていた蚊が一斉に襲いかかってきた。逃げることも追うこともできない。顔を守るのが関の山だ。文吉の姿がいっこうに路地へ現れなかった。もう現れなければおかしい。表門からはいることはないはずなのだ。表門はここから見えないのである。

突然、頭に血がのぼった。思い当たると、思わず腰が浮きそうになった。

まちがえたのだ。

とんでもない思いちがいをした。

文吉が向かったのは数寄屋《すきや》造りの家ではなかったのだ。

取り返しのつかない失敗だった。宇三郎のほうで勝手に、数寄屋造りの家だと決め込んでしまったのである。

いまさら動けなかった。すぐ上で気配がしている。おそらく十間と離れていないだろう。

夕焼けが色あせて赤黒くなってきた。遠くの景色からぼやけはじめ、暮色へと取りこまれてゆく。間もなくたそがれ。人の顔の見分けすらつかなくなるだろう。

「おい」

突然上のほうで声が聞こえた。

「親分がお呼びだぞ」

右のほうからの声がそれに答えた。

つづいて小走りにやってくる足音。

「お帰りらしいぜ」

上の声はすでに遠ざかりかけていた。走ってきた足音がそれを追って行った。ふたりが向かっているのは、少なくともこの路地ではない。

宇三郎はすぐさま茂みから飛びだした。後の崖をよじ登る。

とりあえず上の、安全なところへ移ろうとしたのだが、その足が止まった。

子分のひとりがひそんでいた窪地《くぼち》だ。

下にちがう路地が見え、人の姿が見えたのだ。数寄屋造りの家の、二軒左だった。

その路地にいま、文吉と女の姿が見えていた。女は四、五十くらいの年。物腰、風体から見てもこの家の下女だろう。道端で文吉からなにか言いふくめられているところだ。

右に木戸が見えた。塀は瓦《かわら》屋根に坂塀と塗り壁とがくっついた源氏塀、建物は平屋の切り妻。敷地、大きさとも、ここの七軒のなかでは小さいほうだ。

子分ふたりが松林を抜け、そちらへおりて行った。

文吉が女に子分ふたりを引き合わせた。下女が頭をさげている。

文吉はふたりを引き連れ、表の道へ向かった。下女が角まで見送って行った。

宇三郎は走りだした。

瞬《まばた》きするほどの間しかないのはわかっていた。やってみるしかないのだ。あとは運にまかせるほかない。

下女が引き返してきた。顔にはまだ文吉らに向けたお愛想笑いが残っていた。

その顔が突っ走ってくる宇三郎を見て凍りついた。だが、それきり。なにが起こったか、まだわかっていなかった。

その迷いが味方した。われに返って叫ぼうとしたときは、宇三郎が手許《てもと》へ飛びこんでいた。

人差し指を口に当て、しーっという仕草をするなり女を引きつかんだ。右手で抱え、引きずるようにして木戸を開けた。なかに押し込むと自分もつづき、素早く木戸を閉めた。

つかんでいた腕をゆるめた。

「おとなしくしてくれ。怪しいもんじゃない。江戸からきた飛脚なんだ。おかみさんに会わせてくれ。けっして手荒なことはしない。約束する。話したいことがあるだけなんだ」

女の目は開きっぱなしになっていた。喉《のど》を鳴らしてつばきを呑《の》みこんでいる。恐怖ですくみあがっているのだ。

宇三郎はかぶっていた笠《かさ》を取った。

勝手口が二、三間先にあった。ばあさんに手をかけて押して行き、腰高障子を開けた。

台所の土間だった。すでに暗くなっていたが、上がりがまちに行灯《あんどん》がひとつ置かれていた。

「呼んでくれ」

行灯を引きよせると言った。指で灯心を引きだした。火が大きくなった。

「奥さま」

ばあさんが奥に向かって言った。

「声がちいさい」

「奥さま！」

はいという声が答えた。

「呼びましたか」

女が出てきた。

宇三郎は行灯を手に持ってかざした。

はっ、という吐息がもれた。宇三郎の口からだ。うなりとも、おどろきともつかぬ息を吐いてしまったのだ。

おかじ、かと思ったのである。

その動揺を押し隠し、行灯を掲げると一気に言った。

「まちがったらごめんなさいよ。おかみさんはもしや、名をすみさんとおっしゃる方じゃございませんか」

7

行灯の光りの向こうに、白い顔がぼうっと浮かびあがってきたときのおどろきといったらなかった。

おかじが生きていたのかと思ったのだ。

そんなはずがないことはわかっていた。おかじはひと月まえに死んだのだ。そのおかじを思い出させるような女と、まさかこんなところで出会おうとは。

よくよく見れば、もちろんはっきりちがっていた。おかじはこれほどべっぴんではなかったし、これほど品のいい、おだやかそうな、慈愛をたたえている顔でもなかった。

だがそれなりに円満で愛嬌《あいきょう》のある顔をしていたし、口許や歯並びがきれいで、目許にほんのりと色気があった。笑うと周りのものすべてをなごませてしまう明るさを持っていた。

この女と、おかじの身につけていたものが、そこから漂ってくる人柄や温《ぬく》もりを感じさせるということで、そっくりだったのである。顔立ちよりも、伝わってくる気配が瓜《うり》ふたつだった。

「いきなり押し入ってきてごめんなさいよ。けっして怪しいものじゃございません。まちがいだったらお詫《わ》びして、すぐ出て行きます。あっしはもと宮本村にいらした、田代すみとおっしゃる方をたずねて参ったものです」

動きと、音が止まった。

白い顔が暗がりのなかへ沈んだ。

女は立ちつくした。

はじめは度を失ったみたいだったが、いまでは喜怒哀楽はじめすべてが顔から消えていた。面《めん》のように顔をこわばらせ、宇三郎を見おろしていた。わずかに光るものが目のなかに現れた。湧《わ》きあがってくるものを抑えつけられなくなりかけていた。

女はかすかにうなずいた。うなずいたように見えた。

なにか言おうとしたのだが、すぐには声が出なかった。
だが唇の開いたことで、顔はよほどおだやかになった。
単衣《ひとえ》の着物に献上博多の帯を締めていた。頭は丸髷《まるまげ》で、眉《まゆ》を剃《そ》って
いる。お歯黒は染めていなかった。
「すみでございます。どちらさまでございましょうか」
「名乗ってくださってありがとうございます。江戸からやって来た
飛脚の宇三郎と申します。お預りものを何人もの継立《つぎた》てで運ぶ定飛脚
ではなく、最後までひとりで運んで行く通し飛脚というものです。人
目をはばかるもの、ご本人からじかにご返事をいただくときなどに使
われる飛脚でございます」
「江戸からわたくし宛《あ》てになにかお持ちになったということですか」

「そういうことになります」

ためらった顔はしなかった。だが返事をするのにすこし間が空いた。

「おあがりいただけますか」

「申し訳ないですが、ここでしゃべらせてください。先ほど、目明かしがたずねてきたのを隠れて見ておりました。あの連中とことを構えたわけではありませんが、向こうはこちらを探しております。今夜はこのあと、どのようになっておりますか。まだこの先、だれか来るようであれば、急がなければなりません」

「きょうはもうだれも参りません。どうぞ、お掛けください。おきよ。わたくしの部屋から明かりと蚊やりをお持ちして」

かなりの広さがある台所だった。雇い人の二、三人はいておかしくない造りになっている。ただ家そのものはあたらしくなく、建って四、五十年はたっているだろう。

竈《かまど》に火が残っているらしく、釜《かま》から湯気があがっていた。外の井戸端に石造りの洗い場があり、使った器が水桶《みずおけ》に漬けてあったのを見ている。

「隠れていたとおっしゃいましたけど、あなた、お食事は」

「は？　それはありがたい。なにかいただけますか」

下女が行灯と蚊やりを持ってきた。

「ごはんは残っていますか。この方になにかさしあげてください」

「ごはんでしたら残っております。今夜は旦那《だんな》さまがお見えになるということでしたから、そのつもりで炊《た》きましたので。ただお魚のほうは、さっき開いて味噌《みそ》に漬け込んでしまいました」

「握りめしでけっこうです。あとは白湯《さゆ》でもくだされば」

下女が働きはじめた。

「先ほどの親分さんは、旦那さまが来られなくなったという知らせを持ってきてくださったのです。ご家中から急なお呼び出しがかかったとかで。ただそのときは、ほかの話は出ませんでした」

すみが言った。いくらか歯切れの悪いしゃべり方で、伏し目になって、声がちいさかった。そのあと奥から座布団《ざぶとん》を持ってきてくれた。

宇三郎はそれをもらうと、土間の端に行って腰をおろした。

すみが横に来て坐《すわ》った。離れてめしを食わせてもらうつもりだったから、宇三郎のほうはややうろたえた。すみがきよのほうを見ていたのをさいわい、横顔を盗み見た。

やはりおかじではなかった。

握りめしができてきた。小ぶりだったが大皿に盛りあげてあった。残りものだという汁と香の物が添えてあった。

いただきますと一礼し、宇三郎は食いはじめた。ろくろく噛《か》まず、口のなかに詰めこんでは汁で流しこんだ。三つをそうやって大急ぎで食った。

すみはわずかにほほえみながら見ていた。この間に下女が自分の部屋へ引きあげていった。

「やっと、すこし、おちつきました。ありがとうございました」

とりあえず口のなかをからにして礼を言った。

「それではあらためて、話をつづけさせていただきます。江戸からやって来た使いと申せば、どこから、どういうものをお届けに来たか、見当はおつきになりますね」

すみは目を伏せた。長い睫毛《まつげ》が数回またたいた。ふっくらとした口許が心持ち引き締まった。動じているようでもあり、そうでもないようでもあった。自分の心にたずねているのはまちがいないとみた。

「心当たりが、ないといえば嘘《うそ》になります。あえて申せばひとり、そういう方がいたという言い方はできると思います。ずっと待っておりました。しかしこれまで、なんの便りもありませんでした。いつまで待てばよいのかわかりませんでした。待たされているだけの人間に、あとできることといえば、どこで思いきるかということくらいしかありませんでした。あきらめるにしても、断ち切るにしても、それなりの手続きが入り用だったのです。それをしたうえであきらめたつもりです。そういう意味では、もう過ぎ去った思い出でしかありません」

「するとその方を、もうすっかり忘れたとおっしゃるのですか。過ぎ去った思い出として片づけてしまい、もはやどこにも居場所はないと。いまごろ消息を聞かされたところで、もう心が動くことはないとおっしゃるのであれば、このまま黙って引きさがります。そう言われて参ったのです。けっして無理強いはしてくれるなと。これまでなんの便りもしなかったし、力づけのひとつも、慰めのことばひとつもかけてやらなかった。いまさら顔を出せた義理ではないのだ。だからもしそうであれば、いまは元気に、仕合わせにやっているという知らせを持って帰ってきてくれたらそれでよい。いくらかなりと気がすんだことにして、あとはおとなしく引きさがろう。そう言い含められて参ったのです」

すみはうなずいた。膝《ひざ》の上においた手を組みなおした。なにかを思い出す目つきはしていなかった。

「むずかしいお尋ねです。恨んでいないわけではありません。毎日毎日目が覚めては、その日の自分に言い聞かせていたことを忘れておりません。毎日身構えていなければ生きていけませんでした。毎日耳をふさいでいなければなりませんでした。いつまで我慢できるか、いつまで自分の足で立っていられるか、そう問いかけるほかなかったのです。それは心細かったものです。自分がけっしてつよい女ではないことを知っておりましたから、よわさにいつもおびえておりました」

淡々としたしゃべり方だったが、お終《しま》いのほうはつぶやくみたいな口調に変わっていた。一方で込みあげてくるものが次第に増え、抑えようとするたび口許《くちもと》がふるえた。うらめしそうな顔はしていなかった。悲しそうで、つらそうだった。

すみはその顔をあげた。宇三郎のほうへ向けてほほえんで見せた。目がうるんでいた。

「むずかしいお尋ねなんです。すぐにはお答えできそうもありません。四年もかかったのですよ。四年もかかって、やっと振りきったのです。それをいますぐ元にもどせと迫られましても」

「わかります。あっしも女房に死なれたばかりなんです。まだその顔が目の前から消えておりません。何年かかったら思いきれるか、ことによったら一生取りつかれたままなんじゃねえかと、その考えにおびやかされているくらいなんです」

すみの目が大きくなった。宇三郎の顔をまじまじとばかり見つめた。

宇三郎はうろたえて、照れ隠しの笑いを浮かべた。

「ごめんなせえ。つまらんことをしゃべってしまいました」

握りめしに手をのばしてまたほおばった。顔をそむけるようにして食いつづけた。

しばらくふたりとも黙っていた。

ややあって、すみがほほえみを浮かべた。謎《なぞ》をかけるみたいな声で言った。

「わたくしを連れに来たということではないのですね」

「そういうお気持ちをお持ちならそうします。なんとしてでも連れて行ってくれとおっしゃるのであれば、命にかけてもお連れします。今回は一切合切をふくめて引き受けてきたのです。ただ話の順番がありますから、それは最後に申しあげるつもりでした。金と文を預かってきております。金のほうは先にお渡ししておきます。ことの成り行きがどうなるにせよ、この金だけは渡してくるようにと言われてきたのです」

懐中から五両取り出すと、すみの前へ並べた。

「さしあげてくれと言われて預かってきた金です。八年かけて貯《た》めたそうです。これだけしか貯められなかったということです。八年かかって貯まった金が十両。そのうちの五両です。あとの五両はあっしの手間賃になっております」

裏のほうでがたんという音がした。宇三郎ははじかれたみたいに身をひるがえし、戸を開けて外へ飛びだした。

裏口の木戸が開いていた。

外をのぞいたが見えなくなっていた。走って行く足音だけが聞こえた。

急いでもどった。勝手口の先にある部屋の障子が開いていた。

「出て行きました」

「きよがですか?」

「知らせに行ったんでさ。文吉の手下がそこらで張り込んでいます。

あっしがこの家に来るとにらんで待ち受けているんです」

置いてあった笠《かさ》を拾いあげた。

「文も預かってきております。八年かけてようやく書いた文です。この八年、あの方は筆など一回も手にしたことがありません。筆や算盤《そろばん》の代わりにもっこを担《かつ》ぎ、石を運び、鍬《くわ》や鋤《すき》や槌《つち》をふるって生きてきた男の書いた文です。読むか、読まねえか、あしたもう一回来ますから、それまでに考えておいてください」

言うなり外へ飛びだした。

遅かった。木戸へ着くまでに路地を曲がった足音が殺到してきた。

邸内の植え込みの下へ飛びこんだ。叫び声と黒い塊がなだれこんできた。人影は三つ。先を争って台所へ飛びこんだ。

「奥さま、大丈夫ですか！　お怪我《けが》はありませんか。野郎、どこへ行きやがった」

「なんでもありません。おたずねの男は帰りました」

すみが落ちつきはらった声で答えた。

「どうもすみません。蟻《あり》一匹もぐりこめねえよう厳重に見張っていたつもりですが、その隙《すき》をかいくぐられてしまいました。このうえは必ずつかまえますから、どうかご安心くだせえ。それで、ひとつお願いがあるんです。どこか、庭先でけっこうですから、手のものをひとり、家のなかにはいらせていただけませんか」

しゃべっているのは知らない声だ。

「お断りします。守っていただかなくとも、もう男は来ません」

すみがはっきりと答えた。

「あの男は江戸からきた飛脚でした。頼まれた荷を届けにきただけで、無体なことをする恐れはありませんでした。用を果たしたので、いまごろは江戸に向かって帰っているはずです。どうか文吉親分にそうお伝えくださいさい。それからみなさまもこれにてお引き取りください」

「飛脚ですって？　なにを運んできたんです」

「文でございました」

「奥さまはそれを受け取られた？」

「わたくしのところへ届けに来たものですから、受けとるのがあたりまえでしょう」

一歩遅れてきよが帰ってきた。はだしで飛びだしていた。おずおずとした足どりでなかへはいった。

「ご苦労さまでございました。どうかこれにてお引き取りください」

重ねてすみが言った。かなり切り口上だった。頭格の子分がなにか言ったが、声は小さくなって聞きとれなかった。

三人がばらばらっとした足取りで外へ出ていった。去るのを待って、すみが「戸を閉めなさい」ときよに命じた。

塀の外に出た三人は、ひと言の声もなく去って行った。足どりがいかにも不満そうだ。

しばらく路地の気配をうかがっていた。だれも引き返してこなかった。

宇三郎は勝手口へもどった。

「余計なことをしたのでしょうか」

きよのおろおろした声が聞こえた。

「さっき親分さんから、奥さまを狙《ねら》っているわるいやつが来ているから、なにかあったら知らせるようにと、言われたばかりだったのです。辻堂《つじどう》まで行けば子分衆がいるからと。そうしましたらさっき、奥さまを連れに来た、という声が聞こえました。命にかけてもお連れするといった声も。それでつい、てっきりそうだと思いこんでしまいまして、気がついたら助けを求めて飛びだしていたのです。わたしは余計なことをしたのでしょうか。旦那さまと、奥さまの身に、なにもわるいことが起こらないようにと、いつも念じております。これまでいろいろご奉公してきましたが、いまがいちばん仕合わせにすごさせていただいております。わたしは奥さまに、旦那さまを置いて出て行っていただきたくないのです」

「おまえがわたしを困らせようと思ってしたことでないのはわかっております」

「浅はかでございました。この通りおわび申しあげます。お許しくださいませ」

きよのすすり泣くのが聞こえた。

これでは出て行けない。庭にもどるしかない。

静かになった。

しばらくすると、表の部屋に灯が移ってきた。障子が開き、すみが雨戸を閉めはじめた。小首をかしげて空を見あげたのが見えた。月を見ようとしたらしいが、今夜はまだ出ていないのだ。

いまなら出て行ってもよかった。

だが思い直した。今夜一晩考えるようにと言ったのだ。あとは自分が野宿すればよい。

宇三郎は庭を見回し、今夜のねぐらを探しはじめた。

8

それにしても、こんなところでおかじを思い出させる女に出会おうとは思いもしなかった。

おかじとの短かすぎた歳月《としつき》がなつかしいし、うらめしい。おかじのそばで暮らせた一年くらい仕合わせなことはなかった。

人をほっとさせてくれる女だった。笑ったときのなんともいえない温かさとか、そばにいてくれるだけで、なんにもせずにぐずぐずしていたくなるような居心地のよさとかは、これまで宇三郎がおぼえたことのない世界だった。いなくなって、あれほど男にさびしい思いをさせる女はいなかった。

ふしぎなことにはじめのうちはほとんど思い出がないのだ。五つになるちよが「おじさん、おじさん」と遊びにくるようになって、色の黒い、顔の丸い女から挨拶《あいさつ》されるようになった。それがちよの母親だったというくらいしかおぼえていないのである。

本郷の長屋を焼け出され、とり急ぎ見つけた池之端《いけのはた》へ越して行ったたところ、向かいの長屋に住んでいた。

もとは幸吉という亭主がいて、振り売りの八百屋をやっていたという。それが流行病《はやりやまい》でぽっくり逝《い》ってしまい、後家になってまだ半年とたっていなかった。

その日暮らしの八百屋だから余分な貯《たくわ》えがあろうはずはない。たちまち食うに困りはじめたらしいが、そこは長屋のいいところ、みなが助けてやって縫い物や洗い張り仕事などを持ってきてくれ、ちよとのふたり暮らしがなんとか成り立っているところだった。

そのときおかじは二十八。若くて器量もわるくない後家だというので、親切ごかしの男どもが相当言い寄っていたらしい。そのさなかにのこのこ越して行ったものだから、はじめは宇三郎まで砂糖にたかってきた蟻みたいな目で見られた。

宇三郎はそれまで、どこに住もうが長屋の住人とのつき合いはしたことがなかった。旅暮らしが多かったから住まいは単なるねぐら、近所づきあいなどわずらわしいだけだったのだ。

江戸にいるときは仕事から帰ったときだから、一日じゅう家でごろごろしている。母親が針仕事にかかりきりで、めったに相手をしてもらえないちよと、気がついたらいい遊び友だちになっていた。

おかじと口をきくようになってからも、しばらくはなんにもなかった。

所帯を持ちたいと思ったことはなかったし、自分にそういう暮らしができるとも思っていなかった。女なら欲しいとき買えばよかったし、またそれで用が足りた。

皮肉なことにおかじを女として見るようになったのは、腹ちがいだという姉のつやが来るようになってからだ。

ちよがこの伯母を嫌った。つやが来るたびに宇三郎のところへ逃げてきた。

「なぜ伯母さんが嫌いなんだ」

「だっておっかちゃんをどっかへ連れて行こうとしてるんだもん」

それではじめて、ふたりの女の声に耳を傾けるようになった。

つやは髷《まげ》を三つ輪に結んで塗り下駄《げた》をはいた、みるからに玄人《くろうと》風の女だった。顔立ちはわるくなかったが目つきが険相で、口許《くちもと》は煙管《きせる》でもくわえているみたいにいつもゆがんでいた。

姉が腹ちがいの妹のところへしつっこく来ていたのは、妹に妾《めかけ》の口を世話しようとしていたからだった。気持ちさえ切り替えたらこんな貧乏暮らしにおさらばできるし、ちよにももっときれいな着物だって着せてやれるじゃないか、と口説いているのを宇三郎も聞いたことがあるのだ。

まえまえから妹でひと儲《もう》けしようとたくらんでいたらしい。磨けば光る玉だと、おかじの美質を見抜いていたのだ。

死んだ亭主からは絶縁を申し渡されていたそうで、生きている間は近寄れなかった。その妹が後家になったから、ふたたびやって来るようになったのだ。

「何度でも言いますけど、わたしはいまの暮らしに満足しているんです。お願いですからそんなお気遣いは、やめにしてください」

おかじの答えているのが聞こえた。真向かいだから筒抜けなのである。たしかこのまえも同じことを言っていた。おかじはおかじで姉のしつこさを持てあましていた。

ここはひとつ助け船を出してやろうと思った。それでちよを抱いておかじの家へ行き、いきなり戸を開けると言った。

「おう。ちよを連れてちょっくら湯へ行ってくらあ。なんでえ、客だったのか」

と言いながらも、姉とやらの顔を穴が空きそうな目でじろじろねめつけた。自慢にもならないが宇三郎の顔は女に好かれる面相ではない。吠《ほ》えている犬を黙らせたことだってあるのだ。

つやはにらみ返したが逆ににらみ倒された。しまいには憤然として座を立った。

「ふん。おまえって女は、よくよくつまんない男をくわえこむようにできてるんだね。わかったよ。一生男で苦労しな」

というのがそのときの捨てぜりふ。以来ぴたりと来なくなった。

そのときは、ちよがその気になっていたからいまさら嘘《うそ》といえず、おかじに断ってちよを湯に連れて行った。

以後長屋にいるときはちよと湯へ行くようになった。そのうち「おれの娘だ」とどこへ行っても言うようになり、気がついたら父親とか亭主とかいう気分まで味わうようになっていた。

気がついたらそうなっていたのだ。

それだけ自然だったということだろうが、振りかえるたび宇三郎には信じられなかった。そういう暮らしにすんなりはいってしまった自分を、嘘ではないかとどこかで怪しんでいた。

長屋の女たちは、宇三郎とおかじをこうなったら夫婦にせずにおかなくなった。ひとつ家に住んだほうが家賃だって半分ですむでしょうが。

しかしこれは宇三郎が首を縦に振らなかった。

亭主の一周忌も来ていなかったし、ちよへの気兼ねもあった。おとうちゃんと呼ばせるのはわるいと思ったのである。

たしかに嘘としか思えない暮らしだった。だから長くつづかなかった。おかじの具合がわるくなり、ときどきつらそうにしはじめたのはそれから間もなくのことだ。どこがわるいということもなかったが、からだがだるくて、熱っぽかったり風邪が長引いたりした。

宇三郎はおれが働くから、縫い物みたいな根《こん》を詰める仕事は減らすか、そろそろやめろと言ってやった。しかしこれまでの恩義があるし、いまでもわざわざ仕事を持ってきてくれる人もいるから、自分のつごうばかりは言ってられないという。

宇三郎は何日も家を空ける自分の商売を苦にしはじめた。月に半分くらい留守にすることは珍しくなかったし、行き先によっては二十日近く帰ってこられないときもあった。

できたら毎日そばにいてやりたかった。

できたら毎日そばにいたかった。

万事に控えめで、自分の順番をいつも二の次三の次にしてしまうおかじをかばってやりたかったし、そういうおかじにかまってもらいたかった。いるときはそれほどでなくとも、いなくなると途端にさびしくてたまらなくなるのだ。

とうとう商売を変えようと思いはじめた。せめて毎日家にいたら、具合のわるいときでも力にもなってやれるし、おかじだって心強いだろう。なによりもいまは宇三郎がそれを望んでいた。

宇三郎は勝五郎のところに行って頭をさげた。この商売から足を洗いたいと申し出たのだ。

勝五郎はあっけにとられるくらいおどろいたが、話を聞いて納得した。そういうことで足を洗うのはめでたいと、祝い金までくれて決心をよろこんでくれた。

宇三郎は足を洗い、おかじの亭主幸吉のあとを継いで八百屋になった。

まるっきりの畑ちがい。はじめのうちはお愛想を振りまくどころか売り声すら出せなかった。暗くなっても品物がさばけず、川へ捨てて帰ったこともある。

ふた月やって、こうなったらこまめにやるしかないと、ようやく悟った。それからは飛脚で鍛えた足が役に立った。荷物なら運び慣れていたし、歩くことも苦にしない。人の行かないところまで足を延ばすことで、商売べたを補った。

おかじはすまながったが、毎日宇三郎が家にいてくれるようになったのをすごくよろこんだ。一時は病までよくなりかけた。しかしからだがむくみはじめて食が細くなり、年が明けたあたりから は寝込むことが多くなった。縫い物仕事もとうとう断らなければならなくなった。

「宇三さん、これってわたしの怠け病だよね。あんたが働いてくれるようになったので安心して、からだが横着をしはじめたんだわ」

泣き笑いの顔でそう言ったこともある。

医者にもかけたし、薬も飲ませた。いま評判の蘭医《らんい》に診てもらったこともある。

「江戸患《わずら》いの一種かもしれません。湯治《とうじ》にでも行って、じっくり療養されるのがいちばんでしょうな」

名医といわれる人が自信なさそうにそう言った。

江戸の人間だけかかる江戸患いという病気のあることは知っていた。江戸を離れて療養すると、たいてい治るということも。

だが湯治と聞いて宇三郎は頭をかかえた。日々の暮らしには困らないまでも、湯治に出してやれるほどの貯えはなかった。売上げのうちから毎日すこしずつ貯《た》めていた金も、すべて薬代に消えていた。

さんざん悩んだ末、宇三郎は勝五郎のところへまた相談に行った。ずうずうしいのを承知で、割のよい仕事があったらさせてもらえないかと申し出たのだ。

「足を洗うなどと大きなことをほざいておきながら、一年でこうして舞いもどるなど、とても面《つら》を出せた義理じゃないんですが」

飛脚問屋そのものはきわめて地味な商売である。江戸、京、大坂の同業者が集まって株仲間をつくり、各地につくった継立地《つぎたてち》を利用することで商売が成り立っている。

扱う荷や書状はつぎの継立地まで順繰りに送られるだけで、ひとりの人間が運ぶのは一区域にすぎない。

これに対してひとりの人間が最後まで通しで運ぶのを通し飛脚という。秘密を要するもの、火急に届けなければならないものなど、人任せにできない荷のとき使われる。当然そういう仕事は受け賃も高い。

そういう仕事のなかでとびきり割りのよいものを、ときどきでいいから回してもらえませんかと申し出たのだ。

「おめえがそこまで言って頭をさげてくるからにゃあ、よくよくのことだろうな」

勝五郎はあきれながら苦笑し、それでもなんとかしてやろうと引き受けてくれた。

おあつらえ向きの仕事が飛びこんできたのは、勝五郎のところへ頼みに行って半月ほどのことだった。

武蔵《むさし》の加須《かぞ》から伊勢《いせ》詣《まい》りや西国巡礼に出かけた念仏講の一団が、桑名で世話役に二百両からの金を持ち逃げされ、二十数人が身動きできなくなって困っているという。講元がただいま金を集めているから、桑名まで大至急届けてもらえないかという相談だ。

勝五郎のところへ問合せてきたのが夕刻のこと。引き受けてもらえるなら未明までに金は工面するという。

勝五郎はその話を引き受けて宇三郎を呼び出した。

その日はおかじの具合がいつにもましてよくなかった。目まいがするとかで一日臥《ふ》せっており、食欲もなくて朝から重湯を飲んだだけだった。

こんなときは家を空けたくなかった。

だが自分から頼んでこしらえてもらった仕事とあれば、断ることなどできはしない。引き受けると、とりあえず帰っておかじに告げた。

世話になっている親方の身代りで、明日から数日出かけなきゃならないと。

夜を日に継いで駆け抜ければ、七日で帰ってこられるだろうと踏んでいた。宇三郎はそれをさらに一日縮めるつもりだった。

おかじは聞くなり悲しそうな顔をした。

「あんた、わたしのために、もとの仕事にもどっちゃったのね」

「そうじゃねえよ。親方んところの手駒《てごま》が全部出払ってて、いまひとりもいないそうなんだ。大事なお得意さんだから断ることはできねえ。困った、ということになって、それでおれを思い出してくれたってわけさ。心配するな。すぐ帰ってくる」

「すぐって、どれくらい」

「そうだな。五日か、六日」

「え、六日も帰ってこないの」

「たった六日じゃないか。辛抱してくれ。その代わり今度帰ってきたら、ずっと離れずにいてやるよ。じつをいうとな。帰ってきたら、箱根へ湯治に連れて行ってやろうと思ってるんだ。急ぎの仕事ということで、たっぷり祝儀《しゅうぎ》がもらえるのさ」

「そんなにまでしてくれなくても、わたし、あんたがそばにいてくれるだけでよかったのに。でも、あんたを独り占めするわけにもいかないわね。わたし、だいたいが欲張りだから。ふたりの男につくしてもらって、まだ不平を言ってるんだもの」

さっぱりしたいから、お湯を沸かしてくれと言いはじめたのはそのあとだ。行水をしたくなったのだと。

おやすいご用だと引き受け、宇三郎はすぐに湯を沸かしはじめた。

そういえば寝たり起きたりがつづいたから、おかじはだいぶ湯に行っていなかった。

盥《たらい》を置けるほどの土間もない家だから、行水は暗くなってから外でする。

湯をふんだんに沸かし、好きなだけおかじに使わせた。

「髪を洗っていい？」

心配するな、湯はいくらでもあるよと言うと、うれしそうに長い時間をかけてからだを洗った。

途中からはちよがくわわった。このごろは宇三郎と湯へ行っていたが、行水となればまた趣向が変わって子どもには楽しい。まして母親と一緒なのだ。大きな声ではしゃいでいるのを宇三郎は満足して聞いていた。

最後は残り湯を自分も使った。着替えてからおかじの家をのぞきに行くと、おかじは糊《のり》のきいた浴衣《ゆかた》に着替えて髪を拭《ふ》いていた。

「おかげでとても気分がよくなったわ。こんなさっぱりした気分になれたの、久しぶりよ」

「そいつはよかった。おれも目の保養をさせてもらってらあ。お世辞じゃなくてきれいだよ」

顔の色艶《いろつや》がよくなっていたせいもある。その夜のおかじはたしかにきれいだった。ほんのりと薄化粧をしていた。気分がよさそうで、眼はしっとり輝いていた。ぼんやりした夜明かりがその笑顔を際立《きわだ》たせた。

後片づけをしておやすみを言いに行くと、おかじはちよを寝かしつけているところだった。

「寝るまえにもう一回おしっこに行ってらっしゃい」

「さっき行ったよ」

「だめ。さっきお茶をがぶがぶ飲んだじゃない。もう一回行ってきなさい」

「ちよ。行こう。おじちゃんがついて行ってやるよ」

宇三郎は手を差しだした。

「いいのよ。もう六つになったんだから、ひとりで行ってきなさい」

いつになく突き放した声でおかじは言った。ちよはしぶしぶ出て行った。

するとおかじがすかさず言った。

「宇三さん。ちよが寝たらあとで行きますから、戸を開けておいてね」

「いいのかい」

どきりとして宇三郎は言った。

「だってわたしにしてあげられること、それくらいしかないじゃない」

そう言うと恥ずかしそうに笑った。

あのときのおかじの顔をいまでもありありと思い出す。ぞっとするほど美しかったのがいまだに忘れられない。

あれは死期をさとったおかじがせめてもの報いとして、最後のからだを与えてくれたのだとあとになって思い知った。おそらくあの日の夜があったために、おかじは何日か寿命を縮めたはずなのだ。それを覚悟でおかじは抱かれてくれた。心とからだを研ぎすまして宇三郎の求めに応《こた》えてくれた。

宇三郎は桑名へ夜を日に継いで走りに走った。

池之端へもどってきたのは五日後の夜のことだった。おかじは一足早くその日未明に旅立っていた。

9

うっかりした。物思いにふけっている間などなかったのだ。

文吉らがつぎにどういう手を打つか、考えるべきだった。

少なくともなにもしないことは考えられなかった。のんびり夜明かしできる暇などあろうはずがなかったのだ。

空を見あげた。月がまだ昇っていなかった。今夜は十九夜。出てくるのは四つすぎになる。

がたんという音がした。

勝手口からだれか出てきた。つづいて足音。さきほどきよが立ち働いているのをたしかめている。

急いで出て行くと、木戸の閂《かんぬき》が外れていた。

外に出て行ったのではない。閂を外しに出てきたのだ。

台所へ行くとまだ明かりがともっていた。

「おきよさん」

外から呼びかけた。

すぐに「え？　はい」という声が答えた。

きよが戸を開けた。

「まあ、もういらしたのですか。どうぞ」

怪しみもせずに言った。宇三郎がまた来ることを知らされていたという。それで寝るまえに門を開けに行った。

「奥さまはお休みか」

「いえ、お待ちになっていらっしゃいます。いまお呼びして参りますから」

そう答えると奥へ消えた。

台所が片づいていた。釜《かま》類は洗ったばかりらしくまだ濡《ぬ》れていた。火を落として間がないとみえ、熱がそこらにこもっていた。

盆にのせた竹の皮包みができている。握りめしだった。

「おあがりくださいませ。奥さまがお待ちです」

きよがもどってきて言った。

一瞬迷った。

「足が汚いんだが」

「かまいません。あとでわたくしが拭いておきます」

覚悟すると草鞋《わらじ》をぬいだ。

「廊下の、いちばん奥の部屋でございます」

手燭《てしよく》を渡してくれて言った。

廊下を鉤《かぎ》の字に曲がると、突きあたりに明かりが見えた。

腰をおろし、手燭を置いて「失礼します」と声をあげてから障子を開けた。

文机《ふづくえ》に向かっていたすみがこちらを向いた。着替えていた。寝間着ではない。地味な紺絣《こんがすり》の着物をきていた。おそらく木綿だろう。あたらしいものではなかった。からだには馴染《なじ》んでいた。

化粧を落とし、髪まで丸髷を結い直して、笄《こうがい》一本で留めていた。

「お待ちしておりました。先ほどいただいたおことばの意味を、あれからずっと考えておりましたの」

軽くほほえみながら言った。先ほどとは別人になっていた。

「わたしを江戸まで連れて行っていただけますか」

宇三郎は廊下に手をついて頭を下げた。それから携えてきた文を取りだした。

「先にこれをお読みくださいそのうえで、あらためてお覚悟をうかがいます」

一歩すすみ出て差しだした。すみは両手で受けとり、包みを開くと読みはじめた。

床の間のついた十二畳の間だった。山水画の軸がかかり、百日紅《さるすべり》の花が生けてあった。

書きものはすでに終わっていたようだ。文机の上も片づいていた。香を焚《た》いているみたいな匂《にお》いがした。線香のようだ。この部屋からではなかった。

すみの動きを見守っていた。間もなく読み終えようとしていたが、動揺している気配はなかった。

最後まで落ちついて読み終えた。だが畳みはじめてから、だんだん動きが遅くなった。顔を伏せると、目を落とした。手が止まった。しばらくうつむいていた。

向き直ったときはえみがもどっていた。多分に苦しみを伴ったえみだった。

「考えていた以上でした。やはり会わせていただきとうございます。どうか江戸まで連れて行ってくださいませ」

「悔いはございませんね」

「ありません」

きっぱりと答えた。

「それではすぐ出かけましょう。朝まで待てないのです。支度をしていただけますか」

「わかりました。その間にあなたもお食事をすませてくださいませ。きよに言ってくだされば支度してくれるはずです」

そう言うと隣の部屋へはいっていった。襖《ふすま》を開けたとき線香の匂いがつよくなった。

宇三郎は台所へもどった。

「先ほどはすみませんでした。あたらしくごはんを炊《た》きましたから、どうか召しあがってください」

すでに膳《ぜん》まで用意されていた。炊きあがっためしが丼《どんぶり》に盛ってあった。汁も作りなおされている。

宇三郎は礼を言って食いはじめた。おかずとして野菜と高野《こうや》豆腐の炊き合わせまで出てきた。

竹の皮の包みはにぎりめしのはいった弁当だった。これが二食分。しかも二人分そろっていた。焼きむすびにしてあるほうが午用《ひる》だという。

弁当はすべて風呂敷《ふろしき》に包んでもらった。これは宇三郎が持って行く。すみがおどろくほどの速さで出てきた。手っ甲脚絆《きやはん》をつけていたばかりか、杖《つえ》と笠《かさ》まで用意していた。あれからすぐ支度をはじめたとしか考えられなかった。いま着ている着物がすでに旅仕度だったのだ。

すみがきよに言った。

「奥の文机に文が載っています。旦那《だんな》さまが見えたらお読みくださるよう言ってください。それから、きよ。おまえにも世話になりました。短い縁でしたが、わたしは行きます。もう会うこともないでしょう。どうか達者でね」

きよがわっと声をあげて泣きはじめた。すみがやさしく肩を抱き、懐紙《かいし》に包んだものをきよの帯のなかへすべり込ませた。

ぱらぱらっと壁になにか当たる音がした。

しっと宇三郎が言って立ちあがった。身構えたところへ、また三、四個なにかぶっつけられた。外からなにか投げた音だ。

宇三郎は腰をかがめ、腰高障子をそっと開けた。前に小さな松ぼっくりが落ちていた。

「おーい、おきよさん。出てきてくれ」

男の声がちいさく呼びかけてきた。

宇三郎はきよを呼びよせた。木戸を指さして、出ろ、と合図した。

「ただし、中には入れるな」

きよが足音をたて、ばたばたと駆けだしていった。その後から宇三郎。こっちは足音を殺した。

「はいはい、きよでございます。呼ばれましたか」

きよが木戸に張りついて声をあげた。手はしっかりと閂を押さえていた。

「おれだ。さっき親分に引き合わせてもらった勘次だよ。どうだ、その後変わりねえか」

「はい、なんにもありません」

「ならけっこう。もうすこし辛抱してくれ。いま親分と旦那がこっちへ向かっているからよ。それを知らせに来たんだ。おれはこの後の山のなかにいる。この道がよく見えるところだから、なにかあったら外へ飛びだして、手を振ってくれ。すぐ駆けつけてくるからよ」

「そうでございますか。わかりました。お役目ご苦労さまでございます」

男の足音が遠ざかった。

ふたりは台所へもどった。きよがすみにことの次第を知らせた。

「左のほうへ行って山越しをしてくださいませ」

今度は宇三郎に言った。

「この後の山なら昼間登ったよ」

「この後じゃありません。左のほうの道がもっと短くて楽です。鬼《き》門《もん》を開けますから、そこから出て、お隣の家の後を通ってまっすぐ行ってください。家がなくなったところから、道が上へ登っております。いま提灯《ちようちん》を用意しますから」

きよはてきぱき言うと、地袋を開けて小田原提灯を持ち出してきた。

「今夜はいらんよ。そろそろ月が出てくるはずなんだ」

「おまえさまじゃありません。奥さまの足元を照らしてあげてください」

きよは人が変わったみたいになった。すみが草鞋をはくのを、しゃがんで手伝った。

丸めた茣蓙《ござ》まで用意していた。

荷はすべて宇三郎が背負った。すみは笠と杖のみ。笠は背中に背負わせた。

こっちへ、ときよが先に立って案内した。三人は家の表にまわり、庭を横切った。すみが待って、と合図して表門の閂を外してきた。

「ここから出て行ったことにしてね。おまえは気がつかなかったことにするのよ」

きよに言った。

庭の隅の東北に鬼門がつくりつけてあった。高さが五尺くらい。幅も二尺足らずときわめて狭い。使われたことはないのだろう。留め金に打ち込んであったくさびは半分腐っていた。

別れのことばはない。すぐ上の松林を、ごそごそ歩き回っている音がしていたからだ。蚊がいるから歩き回っているのである。

外に出ると、隣の家との境目になっていた。土塀と松林との間に深さ一間ぐらいの溝ができており、これに沿って前方へすすむことができた。つぎが数寄屋《すきや》造りの家。ここも家の裏を通り抜けた。

最後の家をすぎてしまうと、きよの言ったなだらかな登り道が現れた。渋沢はすぐに見えなくなり、その先の山がひろがってきた。

そのとき、すみが足を止めた。東の空を仰いでいる。

宇三郎の目に気づくとにっとほほえんだ。

月が昇っていた。十九夜の月だからまだ明るくて丸い。空はさえざえと晴れわたっていた。

とりあえず安全なところをめざした。宇三郎が先に立ち、すみにつかまらせた杖を引っぱって登りはじめた。

間もなく松林と、渋沢の家並みとが見おろせるところへさしかかった。田のなかに延びている道がぼんやり浮かびあがって見える。その道の彼方《かなた》で、なにか見え隠れしていた。提灯の灯が揺れているのだ。灯はふたつ。ひとかたまりになっている影を見ると数人はいるようだ。

おそらく早駕籠《はやかご》だろう。脇《わき》を固める人間が何人かついている。すみは気がつかなかったみたいだから、あえて教えなかった。山の上まで小半刻《こはんとき》、一度も休むことなく登りきった。

峠へ出た。昼間見た村が下に横たわっていた。黒くうねっている川のかたちがこれまでとちがった。もっと下流になるようだ。

「平多村です。きよの生まれたところです」

すみが教えてくれた。宇三郎はすみを休ませ、提灯に灯を入れた。きよから火のついた火縄をもらってきたのだ。それをほくちに取り、燃えあがらせると蠟燭《ろうそく》に移した。

おりるときも先に立ってすみの案内をした。懸念《けねん》していたよりすみの足は達者だった。

平多村におりると提灯の火を消した。村の中心部には向かわず、そのまま山裾《やますそ》を南に向かいはじめた。南が川上である。

三軒目の家の垣根に、すみが火の消えた提灯を引っかけてきた。それがきよの生家。ふつうの百姓家だった。提灯はあす、きよが取りにくるだろうという。察するところ何回か来たことがあるみたいだった。

「平多村は秋祭りの歌舞伎《かぶき》芝居で有名です。一晩中やります」

ふたりは街道へもどった。

美羽村は八つごろ通りすぎた。このときは近道をして川沿いの道をすすんでいたため、田代家のほうには近づかなかった。部落の家並みが遠くに見えただけだ。

美羽村を出外れると、川を挟む両岸の山が迫ってきた。耕地の幅があっという間に狭くなり、川は谷を刻みはじめて道も登り一方になった。いつか人家が途絶えていた。

山道になった。ゆるい登りがつづき、半刻も行くと高原のような平《へい》坦《たん》地へ出た。下草がまばらとなり、松が多くなった。土地が痩《や》せて赤土になっているのだ。

「ここまでくれば安心だと思います。すこし休みましょう」

疲れたらしいすみを見て言った。松の根元に腰をおろさせ、後へ寄りかかるようにすすめた。

「この道はどこへ向かっているのですか」

「この先をおりていったところが瀬戸という村になります。右へ行ったら敦賀、左へ行ったら美濃《みの》という境目にある村です。われわれは瀬戸から左へ向かいます」

見渡すかぎり同じぐらいの高さの山が折り重なっていた。それほど高いわけではなかったが、奥行きが深くてほとんど人が住んでいないため、どっちへ向かっても難所だらけというところだ。

「瀬戸という名前なら聞いたことがあります。旦那さまが毎年見回っている道筋に当たっていたと思います。ずいぶん遠くのように思っていましたけど、それほどでもなかったんですね」

「そうでもありません。越前の外れです。瀬戸も菊井陣屋の受け持ちだったのですか」

「そのようです。代々の手代のなかでも、領内すべてをくまなく歩いているのは自分くらいなものだろうと自慢しておりました。足腰が丈夫で、どんな山のなかも苦にしないのが取り柄だというふうに言っておりました」

宇三郎は自分を抑えながら、すみを見守っていた。すみが旦那さまと呼んでいるのは、寿之助のことではなかったのだ。

すみが目を閉じて、木の幹に寄りかかった。力が抜け、姿勢がくずれていた。

「いいあんばいに蚊が少ないみたいですから、ここで夜明かしをしましょう。横になって、すこし眠ってください。夜が明けたらまた歩いてもらわないといけませんので」

背負ってきた茣蓙を渡した。

「場所はご自分で、よさそうなところを選んでください。あっしはその向こうにおります。なにかあったら呼んでください」

向こうの木を指さし、そのまえに、念を入れて周囲をひとまわりした。

自分の居場所を見つけ、荷をおろすと木に寄りかかった。

十間ほど向こうにすみの頭が見えていた。そのうち見えなくなった。おそらく横になったのだろう。茣蓙を持ってきてよかった。

宇三郎も眠った。おそらくすみより早く寝入ったと思う。人より早く寝られるということは、人より多く寝られ、人より多くからだを休められるということなのだ。これも芸のうちだった。

少時間だったが熟睡した。目が覚めたときは朝日が昇っていた。起きあがると、すみをたしかめに行った。すみはいなかった。莫蓙や笠が抜け殻みたいに取り残されていた。

狼狽《ろうばい》して周囲を見回した。右手の小高くなったところに人影が見えた。

行ってみるとすみだった。動かない。見るとしゃがんで手を合わせていた。数珠《じゅず》を手にしていた。ひろげた袱紗《ふくさ》の上に位牌《いはい》が置いてあった。

宇三郎は気取られないようにそこを離れた。すみがなにを祈っていたか一目でわかったのだ。

すみは西の方角に向かって祈りを捧《ささ》げていた。きのうの日が沈んだところ。宮本村がその下にあった。田代家の菩《ぼ》提寺《だいじ》には娘のちよが眠っていた。

宇三郎もちよを手放したのだ。手放さざるを得なかった。

「そんな偉そうなことを言ったって、野郎のあんたに子どもが育てられるのかい。女の子だよ。猫の子をもらうのとはわけがちがうんだ」

つやにそう啖呵《たんか》をきられたら、返すことばがなかったのだ。

言われるまでもなく、よく考えたら容易なことでないのは明らかだった。飛脚をやりながら六つの女の子を育てているやつなどいるわけがない。かといっていまさら勝五郎のところに行って、また八百屋にもどります、とは口が裂けても言えなかった。

できそうになかった。父親などつとまりそうもなかった。完全な負けだった。とどのつまりは、つやがちよを連れて行くのを止めることができなかったのだ。

ちよにはおじさんと一緒に暮らそうねと言っていたのだ。伯母さんのところへ行きたくないんだったら行かなくていい。おじさんと一緒に暮らそう。

そう言って安心させておきながら、約束を果たすことができなかった。

あのときのちよの顔が忘れられない。ちよは泣かなかったのだ。ただ涙を浮かべた目で宇三郎を見つづけただけだった。

10

瀬戸で左へ折れ、村を出たところで川縁《かわべり》へおりて行って朝めしを食った。

「これから四里ほど行ったところに細木という村があります。越前の端っこにある村です。きょうはそこまで行きます。細木では馬が借りられると思いますから、あすはそれに乗って美濃入りをしていただきます」

「さすが道にはくわしいんですね」

「そうじゃございません。旦那《だんな》から教えていただいたんです。八年まえに越前から落ちて行かれたとき、この道を通られたそうです。万一のときはおぼえておいて損はないから、といって教えていただいたのが役に立ちました」

「それは知りませんでした。こんなところを通って行ったのですか」

「役目がらでしょう。領内のことはよくご存じでした」

「しかしあの人は出不精というか、あまり細かくは出歩かなかったんですけどね。すべて下の方たちにまかせきりでした。その点はいまの旦……様のほうがはるかにこまめでした」

旦那さま、と言いかけて言い直したのを自分で苦笑した。

「いやだわ。まだ頭が切り替わっていないみたい。あの人のところに帰る、という気持ちになりきれていないのです。行く、という気分だわ。物見遊山《ゆさん》のつもりかしら。ただいただいた文は、わたくしが江戸へやって来ることまでは考えていないみたいでした。いきなり現れたらびっくりするでしょうね」

「迷惑ではないと思いますけどね」

「そうかしら。一緒に住んでいた間より、一緒に住まなくなってからのほうが長くなっているんですよ」

「ではなぜ行く気になったんです。文を読むまえに決められたことですよ」

「子どもを亡《な》くしましたからね。文にもわが子のことが書いてありました。それがずっと負い目になっていたんです。生きていたら十三になります」

「お子さまを亡くされたことは仁豊寺で聞きました」

「疱瘡《ほうそう》でした。あのとき、村の子が五人、ばたばたと亡くなりました。わたくしの子がいちばんあとだったのです」

「それでさっきお祈りをされていたんですか」

「位牌は持ってきましたけど、もうずっとお墓参りに行っておりません。それがすまなくて」

食うのをやめて、悲しそうな顔をした。未練が足を引っぱりはじめていた。食欲までなくしたらしい。とうとう手を置いた。

すみはうらめしそうな目をして宇三郎を見あげた。

「近くに住んでいましたから、お墓参りぐらい、いつでも行けると言い聞かせて自分をごまかすことができました。江戸へ行ってしまうと、そのごまかしができなくなります」

宇三郎としてはうなずくしかなかった。あのような暮らしをしながらも、墓参りひとつできなかった暮らしとは。

「あなたを責めるわけではありませんが、いまさら来ていただきたくなかった」

宇三郎はぎょっとして顔をゆがめた。

「わたくしとしては、もう気持ちの見極めがついていたことだったのです。自分を納得させていた以上、もう迷うことはないと思っていました」

「それは、見極めがついていなかったということになりませんか。

自分では気のつかない迷いがあった。それで話を聞いた途端、江戸へ行こうという気になられた」

「娘のことをはじめ、頼まれていたこと、約束していたこと、ほかにもいろいろあったのです。それを果たせませんでした。だからひとこと、詫《わ》びを言いたかったのです。でもおかしいわ。それから先のことはまるで考えてなかった」

空に目を向けた。見ようによっては虚《うつ》ろとも思える顔をしていた。見るものが定まらず、さまよっていた。

「江戸で旦那さまに会われ、望みを達したらまた越前へもどられますか」

「それはありません。こうやっていまの旦那さまを裏切ったからには、もう帰ってくることなどできません。行くところがなくなってしまいました。ごめんなさい。あなたに咎《とが》のあることではありませんのに。先のことは江戸に着いてから考えます」

「江戸でまた気が変わる、ということもあるんですね」

「と思います。ややこしい女と思われるかもしれませんが、わたくしは自分を納得させられないと、先へすすめない女なのです。いったんこうと決めたら、もう迷いません。それがすこしもそうじゃなかったとわかって、わけがわからなくなってしまいました。足下がふらついています。もっとしっかりしなきゃいけないのに」

川原までおりていたので、街道からは見えなかった。といって街道というほど大きな道ではない。村があって、その先で美濃へ通じている以上、多少とはいえ人の往来がある。いまどっちかの方向に向かって、馬の駆けて行く音が聞こえた。

ふたりは街道へもどり、細木へ向かった。この先四里はすべて山道となる。しばらくは登り一方。そのせいでふたりの間から声が絶えた。黙々と登って行くだけだ。

朝方は晴れていた空がいまでは一面の雲におおわれていた。しかし雨になりそうな雲ではない。むしろ日射《ひざ》しがないぶんしのぎやすく、風が乾いて心地よかった。

小高いところへ出た。馬のいななくのが聞こえた。

放牧場があった。馬は見えなかったが、草を食《は》んでいる牛が何頭か見えた。坂のゆるいところには柵《さく》が設けてあった。

見晴らしがよくなってきた。とはいえ十重《とえ》二十重《はたえ》の山並しか見えない。細木をすぎたらその先十里の間、村はひとつとしてないところなのだ。

「おすみ」

という声が聞こえた。

振り返ったすみが棒立ちになった。血の気の引いた顔になって立ちすくんだ。

木立のなかから男が出てきた。

侍だった。袴《はかま》に草鞋《わらじ》、頭に一文字笠《がさ》、手に鞭《むち》、乗馬姿にほかならなかった。

年は三十半ばぐらいだろう。色が黒くて鼻がひろく、唇も分厚く、見るからに田夫《でんぷ》然としたもっさりした男だった。目が細くて目玉が見えなかった。なにを考えているのか、読みとれないのだ。口許《くちもと》がさびしく、一見したところ悲しそうな顔をしていた。

呼びかけてはみたものの、侍も立ちすくんでいた。あとのことばが出てこないのだ。

「あなた」

すみがうめき声をあげた。

堰《せ》きとめられていたものがくずれた。

「たぶん、この道を来るんじゃないかと思ったのだ。それで馬を飛ばして、追いかけてきた」

宇三郎はすみの前に飛びだすと脇差《わきざ》しを抜いた。

「行くのか、すみ。自分の胸に聞いたうえで決めたことだろうな」

金指小十郎は遠いものに呼びかけるみたいな声で言った。宇三郎の姿が目にはいっていなかった。

「すみません。許してください」

宇三郎は思わずすみのほうを振り返った。

すみは口許をふるわせ、泣きださんばかりの顔になって小十郎を見つめていた。いまにもくずれ落ちそうにからだの力が失われていた。

「あやまることはない。いつかはこういう日がくるのではないかと思っていた。恐れていたのだ。残念ながらそのときは、受け入れてやらなければならないだろうとわかっていたから恐れていた。自分ではわかって、覚悟していたのだ。それでも、追ってこずにいられなかった。

もう一回会いたくてな。もう一回おまえの姿を目にとどめておきたかった。礼を言いたかったのだよ、すみ。ありがとう。世話になった。この四年、仕合わせにすごさせてもらった」

すみが手で顔をおおった。声を殺して泣きだした。

金指小十郎は懐中から取りだしたものを宇三郎のほうへ差しだした。

「持って行ってやってくれ」

すすみ出て左手で受けとった。かなりの重さがあった。金子《きんす》だったのだ。

「この先の細木村の庄屋《しょうや》は忠兵衛という。その男に金指から聞いてきたといえば、今夜の宿と、あしたの馬を用意してくれるはずだ。忠兵衛と馬子には、手間賃と祝儀《しゅうぎ》をはずんでやってくれ。追っ手は福井と、今庄《いまじょう》のほうへ行かせたから、今夜のところは無事だろう。美濃では最初の宿の徳山でやはり馬を用意してもらえ」

「江戸でそっくり同じことを聞いてきたんですけどね」

「寿之助殿をこの道から逃がしてやったのはわたしだよ」

小十郎はさめた顔で言った。

「やはり。それで、その気持ちは、ただの親切だったんですか」

「すみが欲しかった。どんな手段を弄《ろう》してでも奪いたかった」

細かった目がかっと見開き、宇三郎をにらみつけた。真っ赤な目をしていた。この男の内に秘めていた一端があらわになった。

宇三郎は刀を納めるとすみのところへもどった。

「それでは行くぞ。すみ、もう一度顔を見せてくれ」

すみが涙にぬれた顔をあげた。泣きながらもほほえんで見せたのがわかった。

「お世話になりました」

すみが涙声で言った。金指小十郎は満足そうにうなずき、ほほえむときびすを返した。すみが打ちひしがれた顔でそれを見送った。自分が失ったものの大きさをあらためて思い知っていた。

馬がいないた。ふたりの目には見えず、遠のいていく気配だけが聞こえた。

うながして歩きはじめたが、すみの足どりはめっきり遅くなった。いまではうつむき、まるで綱をかけて引きずられているみたいな歩き方になった。

とうとう自分から「休ませてください」と言った。力を使い果たしたかと思えるほど、かぼそい声だった。

腰をおろしたところは高い崖地《がけち》だった。足元に谷が切れ、下には川が流れていた。谷底までおよそ二百尺はあった。

「歩けなくなりました」

すみが言った。下に見えている川を見つめていた。

「引き返したいということですか」

近くで見守りながらことばを返した。すみはかぶりを振った。

「いいえ。進むことも、退《ひ》くこともできなくなったということです」

「だからといって、このうえはどっちか選ばなきゃなりません」

「それで困っているんじゃありませんか」

にらむような目を向けてすみは答えた。涙の流れた跡がついていた。

「でも、進むしかないんでしょうね」

かすれた声で言った。

「あっしにはどっちがよかったかわかりません。だがおかみさんはあのとき、本気で考えて決められたはずです」

「すぐ切り替えられると思ったのです。いらなくなったものは捨てて、いつでも忘れられると」

「だったらここも、お捨てなせえ」

「捨てられないものだってあります」

「それまで捨ててしまうんです」

宇三郎がつよいことばで言ったので、すみは目をみはった。

「ずいぶんあっさり言いますね」

「わかりきったことじゃありませんか。生きている人間には、いつだってこれから先のことしかねえんです。いらないもの、邪魔になるものは捨てて、忘れてしまえばいいんです。思い出すことも、懐《なつ》かしむこともいらない。江戸の旦那に、何もかも話すことなんかねえですよ。入用とあればいくらでも嘘《うそ》をつきなさい。大事なのはいつだってこれからなんです」

すみは目を丸くして宇三郎を見つづけた。

「あなた、すごく意地悪なの。それとも親切なの？」

「あっしは卑《いや》しい、ただの下世話な人間でござんすよ。毎日なんとか生きてるだけ。生きているから、きのうのことは忘れて、毎日やり直ししてるんでさ」

「だからわたくしにもやり直せと」

「そう。何回でもやり直しなせえ」

「そんなにたやすいことですか。わたくしは女ですよ」

「女も男もあるもんですか。いともたやすいことでしょうが。失敗したらやり直す。うまくいかなかったらやり直す。もっとよくなると思うからやり直す。それだけでしょうが。人間のいいところは、何十ぺんでも何百ぺんでもやり直しができることでさあ」

すみはいやなものでも見るような目で宇三郎を見つめ、それから顔をそむけた。しばらく空を見つめていた。いやいやをするみたいにかぶりを振っている。自分に言い聞かせていた。くすんだ顔になってしまった。迷いが吹っ切れていなかった。

ふたりはまた歩きはじめた。

「江戸へ着くまで、これから毎日同じことを言ってください。おまえはまだやり直しができる、できる、できるって」

「よござんす。耳にたこができるほど言ってあげます。お題目にしてしまやいいんです」

「わたくしはあなたほどつよくありません」

「あっしだって同じです。さっきまでめそめそしていたんだ」

「えっ？　どういうことですか」

「娘のことでくよくよしてたんです。人に預けて出てきたんでさ。江戸に帰ったらすぐ迎えに行きます。これからは一緒に暮らそう、二度と手放すもんかと決めたんです。くそっ、今度こそ手放すもんか」

宇三郎はむきになって言うとそっぽを向いた。

気のせいでなく足が速くなっていた。

本書は、株式会社新潮社のご厚意により、新潮文庫『つばくろ越え』を底本としました。但し、頁数の都合により、上巻・下巻の二分冊といたしました。

つばくろ越え―蓬萊屋帳外控―　上
（大活字本シリーズ）

2022年5月20日発行（限定部数700部）
底　本　新潮文庫『つばくろ越え』
定　価　（本体3,200円＋税）
著　者　志水　辰夫
発行者　並木　則康
発行所　社会福祉法人　埼玉福祉会
埼玉県新座市堀ノ内3―7―31　〒352―0023
電話　048―481―2181
振替　00160―3―24404
印刷製本所　社会福祉法人　埼玉福祉会　印刷事業部

ISBN 978-4-86596-497-4

大活字本シリーズ発刊の趣意

現在，全国で65才以上の高齢者は1,240万人にも及び，我が国も先進諸国なみに高齢化社会になってまいりました。これらの人々は，多かれ少なかれ視力が衰えてきております。また一方，視力障害者のうちの約半数は弱視障害者で，18万人を数えますが，全盲と弱視の割合は，医学の進歩によって弱視者が増える傾向にあると言われております。

私どもの社会生活は，職業上も，文化生活上も，活字を除外しては考えられません。拡大鏡や拡大テレビなどを使用しても，眼の疲労は早く，活字が大きいことが一番望まれています。しかしながら，大きな活字で組みますと，ページ数が増大し，かつ販売部数がそれほどまとまらないので，いきおいコスト高となってしまうために，どこの出版社でも発行に踏み切れないのが実態であります。

埼玉福祉会は，老人や弱視者に少しでも読み易い大活字本を提供することを念願とし，身体障害者の働く工場を母胎として，製作し発行することに踏み切りました。

何卒，強力なご支援をいただき，図書館・盲学校・弱視学級のある学校・福祉センター・老人ホーム・病院等々に広く普及し，多くの人人に利用されることを切望してやみません。